転生したから思いっきり
モノ作りしたいしたい！ 2

著 ももがぶ

ill.riritto

★ジャロ★
ジャッカロープという魔物。
プリシアの友達。
★プリシア★
空島に住む猫獣人の女の子。
お転婆でツンデレ。
登場人物紹介
★ケイン★
本作の主人公。
とにかくモノ作り大好き！
魔法の才能をモノ作りに応用し、
気の向くままに作りまくる。

アンジェ
ガンツの妻。しっかり者の肝っ玉母さん。
ガンツ
工房を経営するドワーフ。ケインの発明品に目がない。
リーサ
素敵なエルフのお姉さん。ケインの憧れの存在。
サム
ケインの長兄。運動神経がよくて活発。
クリス
ケインの次兄。経理が得意で、真面目な性格。

1　モーターが回りました

気付いたら転生していた俺――ケイン。

凄《すご》い魔法の数々を簡単に使える才能に恵まれた俺は、魔法陣《まほうじん》を使って前世で作れなかったモノ作りに挑戦して毎日気楽に過ごしていこう……と思ってたら、俺の発明を見た人達からあれが欲しいこれが欲しいって、いろいろな依頼が舞い込んできたんだ。

そうしてみんなのために頑張るか～とモノ作りに励《はげ》んでいたところ、俺の住む領都《りょうと》の遷都《せんと》先の都市計画っていう、大仕事まで任されることになっちゃった。

まあでも、大好きなモノ作りが楽しめるなら俺としてはなんでもオッケー！

というわけで、相棒《あいぼう》のドワーフのおじさん、ガンツさんと一緒に、日々モノ作りに精《せい》を出してるんだ。

◇◇◇

俺は先日、蒸気機関《じょうききかん》を動力にした、車とかバイクの発明に成功した。

でも車やバイクが普及したら、今の領都の道幅では移動するのに手狭《てぜま》になってしまう。

そのため、領主のデューク様に遷都を提案した結果、言いだしっぺの俺が遷都に手を貸すことになった。

遷都に役立ちそうな魔道具《まどうぐ》の準備をしなきゃと、デューク様のところの三人のお子様達――エリー様、ショーン様、マリー様に魔法を教えて、その代わりにまたお屋敷の図書室の魔法陣の本を貸してもらう。

本をめくると反抗の魔法陣が出てきた。

効果はえ〜と？　「耐えます」ってなんだよ！　何に耐えるの？

よく分からないけどいちおうメモしておいた。

更に読み進めると「柔らかくして反発力を上げる」という反発の魔法陣や「当たったものを反射する」という反射の魔法陣、「向かってきたものを反転させる」という反転の魔法陣などが出てきたので、何に使えるかは分からないけどとりあえずメモしておいた。

◇◇◇

そんな感じで準備を始めていた俺なんだけど、デューク様からいつ遷都を始めるかという連絡は全然なかった。

なので、しばらくまた適当に好きなモノ作りを続けることにする。

まずは先日作った車とバイクの教習所の設備を充実させるために、監視塔《かんしとう》や講堂や車庫を魔法で「えぃっ」と作る。

そういえば、車用の教習コースはあるけど、バイク用の教習コースも必要だったと思い、一本橋、八の字、スラロームといったコースも魔法で「えぃっ」と作って追加する。

ついでに洗車もできるといいなと思い、魔法で「えぃっ」と洗車場の建物を作り、インベントリから、水の魔道具を出す。

それから魔法で「えぃっ」と作ったホースとシャワーヘッドを組み合わせ、洗車場に設置する。

ちなみに俺は、前世で構造を理解しているものや、構造が単純なものなら、イメージしながら魔法で「えぃっ」ってやれば一瞬で作れる。

でも、建造物も、「えぃっ」でいけちゃうんだよな〜。

普通家とかビルとか作るとしたら、前世でいう建築士とかの難しい資格がなきゃ正確な構造を把握するなんて無理だよね。どういうことなんだろ？

前世で読んだラノベでよくあったチートってこと？　まあ実際俺の魔力とか魔法はチート級みたいだし、その影響ってことか？

正直、魔法で何が作れて何が作れないかの理屈《りくつ》は、俺にもよく分からないや。

あと、正確な構造を把握してない電子機器とかも、俺が試行錯誤《しこうさくご》の上で考えた仕組みで作っているから、前世と同じシステムが完全に再現できてるわけじゃない。

でもまあ、動くようになればいいよね。

とにかく、自由にモノ作りが楽しめればなんでもいいや。

何を魔法で作って何を魔法で作らないかは、その場のノリと気分ってことにしておこう。


そんなことをやってるうちに別に作りたいものを思いついたので、俺はガンツさんの工房に行き、魔法陣を作ることにする。

今度は蒸気機関じゃなくて、モーターで動くものを作りたいんだよね。

モーターの仕組みを簡単に説明すると、磁石《じしゃく》の磁力《じりょく》と、電流を流すと磁石と同じ働きをする電磁《でんじ》石《しゃく》の磁力を反発させ、回転の動きを生み出すという感じだ。

「でもそもそも磁力って、どうすれば魔法陣から出るんだろ？」

今まで魔法陣は本で勉強して、そこに載っている「熱を出す」「水を出す」みたいな図式をそのまま描き写して効果が発動するようにしてきた。

でも磁力を出す魔法陣はどこにも載ってなかったな〜。

なので試しに、熱を出す魔法陣に描かれている「熱を出す」っていう図式を、「こうすればS極《きょく》の磁力を出すっていう図式になるかな？」っていうイメージで描き替えてみる。

「まさかね〜、こんな適当なやり方で磁力が出るわけないよね〜。でも、ものは試しっと」

そう言いつつ魔法陣に魔力を流しながら鉄の部品を近付けると、鉄の部品がシュッと吸い寄せられる。

「え？　あれ？　できちゃったの？」

なんでできたか分からないけど、磁力が生まれたっぽい。

同じように「N極の磁力を出す」っていう自分流の図式を描いた魔法陣を作ったら、「S極の磁力を出す」って描いた魔法陣とペタッとくっついた。

よく分かんないけど、なんか成功したっぽい。

とりあえず、これでモーターは作れるようになったな。

「やった！　成功だ！　このモーターの魔道具を小型化すれば電動工具が作れるな」

そんなことを思っていたが、よくよく考えてみると、このモーターは電気ではなく魔力で動いているんだった。

「待てよ、なら電動じゃないよな。魔導《まどう》モーターとか魔導工具って言おう」

とにかくこのモーターを部品と組み合わせれば、魔導で動く機械がいろいろと作れそう。

「ケイン、邪魔《じゃま》するぞ。お、また何か作ったのか？　なんだこれは？　見た感じ、蒸気機関とは違うな」

ガンツさんが工房に入ってきてそう言ったので、説明する。

「魔導モーターだよ。魔力を流すと回転する力が発生するんだ」

「ほう、またなんでこんなもんを作ったんだ？」

「蒸気機関は圧力が高くなるまで待たないと動かないでしょ？　その待ち時間を短くしたいと思ってさ」

「そうか？　待つのも楽しいと思うけどな」

「でも、すぐ動かせるようになるのは便利でしょ？」

「それはそうかもな。で、どんなことを考えているんだ？　ただそれだけじゃないんだろ？」

「さすがガンツさん、分かってるね～。今度はモーターの魔道具を小型化して、魔導工具を作りたいと思ってるんだ」

「魔導工具？　なんだそりゃ？」

「今ってスパナ、レンチ、ヤスリ、ドライバーみたいな工具を使っているでしょ。これを全部魔導工具にできれば、作業が楽になると思わない？」

「なるほどな。人力でやっていたことが魔導モーターでできるってわけか」

「そう！　あ、そうだ。手はじめに前に発明したキックボードを魔導にしてみない？」

「お、いいな」

ということで早速《さっそく》、魔導モーターを小型化してキックボードに取りつけた。ガンツさんに試運転で工房の中で乗ってもらう。

「お、おお～いいぞ。これはなかなかいい。気に入った。明日から使わせてもらおう」

「そんなに？　なら俺のにもつけよう」

俺のキックボードにも取りつけ、工房から家への帰り道に乗ってみる。

キックボードに足を乗せ、モーターと連動しているスロットルを回すとキックボードが走りだす。

「うぉ～楽チン楽チン！」

流れていく風景の中で驚いた顔をしている人もいれば、「またやっているよ」って呆《あき》れて見ている人もいる。

こういう驚いたり呆れたりする人がいなくなるくらいに、俺の発明があるのが自然な風景になればいいな～。

◇◇◇

翌日、工房に着いて自分の開発室に入ると、ガンツさんが魔導モーターに見入っていた。

「おはようございます。ガンツさん」

「おう、おはよう。ケインよ、改めて見ると凄いな、これは」

「ってか、ずいぶん熱心に見てるよね？　何か気になる？」

「何か分からんが、こうグッと惹《ひ》かれるものがあってな。このモーターに連動して回っているギアを見ているだけでもなぜか楽しい気分になる」

「ガンツさんもなの？　俺もだよ。なんだか楽しいよね」

「だな」

しばらく二人で魔導モーターが回るのをボーっと見ていたが、ふと我に返って今後の予定を話し合う。

そして昨日言っていた魔導工具を作っていくことにした。

そこで気付いたんだけど、魔導モーターには、電動モーターでは電気の流れを逆にするだけで簡単にできる逆回転の仕組みがない。

さて、どうやって作ろうか。

ところで魔法陣について、最近気付いたことがある。

俺は今まではガンツさんにもらった本を読んだり、図書室で調べたりしながら魔法陣を勉強してきた。

で、「熱を出す」とか「風を出す」とか、いろいろな魔法陣の働きを組み合わせて魔道具を作ってたんだ。

でも磁力の魔法陣を作ったのをきっかけに、俺が「〜がしたい」って考えたことは、自己流の図式にして魔法陣に描き込めばなんでも実現可能らしいと判明した。

といっても、たぶんこれは誰でもできるわけじゃなく、俺の魔法の能力が人に比べて凄いせいでできてしまうっぽいけどね。

今まで工夫してきたことはなんだったんだ⁉　って感じもするけど、まあコツコツ魔法陣の勉強を頑張ってきたおかげで自己流の図式が描けるようになったので、勉強は無駄じゃなかったかな。

俺がよく分かってない仕組みまで実現されるのは謎でしかないけど……

まぁ、前世で読んだラノベ風のファンタジー世界に転生してきたんだから、ファンタジーでなんでもありっていうことなんだろうな～と理解することにした。

俺としては自由に楽しくモノ作りができればなんでもいいや。

自己流魔法陣や「えぃっ」を駆使しつつも、試行錯誤して手作りしたいと思ったものはコツコツ作る感じでやっていこう。

というわけで、モーターの逆回転についてしばらく考えを巡《めぐ》らせる。

そして、そういえば図書館で調べた魔法陣の中に、反転の魔法陣があったなと思い出す。

まあ、自己流魔法陣で「～したい」を描き込めばできるかもしれないけど、せっかく調べたんだし、使ってみるか。

反転の魔法陣を解析しながら、試作品の魔導モーターに反転の魔法陣を組み込んで動作を確認すると、右回りの正転《せいてん》だけでなく、左回りの逆転《ぎゃくてん》もできるようになった。

ちなみにこの世界では、魔法陣を描いたり刻んだりしたものに魔力を流せば、その媒体《ばいたい》の素材がなんであれ、魔法陣の効果が発動するんだよね。

しかしモーターを小型化するとなると、魔法陣を小さい面積に刻まなきゃいけないのが大変だな～。

これ以上モーターを小型化するなら、拡大鏡《かくだいきょう》が欲しくなるな。

「ん？　待てよ。魔導リューターを作ればいいんじゃないか？」

リューターっていうのは、金属や木材に細かい加工をしたり、装飾をつけたりする時に使う工具のこと。先端に取りつけるビットという部品を交換することで、いろいろな加工が可能になるんだ。

よし、一つ目の魔導工具は魔導リューターにしよう。

ふふんふ～んと鼻歌まじりに完成させる。

本体ができたなら、次はビット部分だな。

まずは削るのでいいか、と大きさが異なるヤスリ状のビットを作り出す。

「お、何ができたんだ？」

ガンツさんが俺の手元を覗《のぞ》き込んで聞いてくる。

「これは魔導リューターだよ。この先のビットをつけ替えて使うんだ」

俺は細いヤスリのビットをつけて、金属板の表面に文字を書いてみせる。

「ほう、そういう使い方をするのか」

「うん。ガラスとか金属板の表面を削って文字を書いたりすることができるんだ。今後、小さな魔法陣を刻むのに便利かな～と思ってさ」

「ほう、それもそうだな。なるほど、確かにこれは便利だな」

「でしょ？　じゃあどんどん作っていくね」

ガンツさんが部屋を出た後、リューターを使って工具用の小型モーターの魔道具をたくさん作る。

「これくらいでいいかな？」

しばらくすると、目の前には結構な量の魔導モーターが転がっていた。

それらを利用して、魔導ドリル、魔導ドライバー、そしてそれぞれのつけ替え用ビットを数種類ずつ作る。

「ひとまずこんなものかな？　あとは追加で魔導丸ノコと魔導糸ノコも作ろ～」

そしてその二つも作り終え、並べて眺めて満足感に浸《ひた》った。

ちなみに丸ノコは木材を直線的に切断する時に、糸ノコは曲線状の細工をする時に使う工具のことね。

その時、前世にあったある玩具《おもちゃ》のことが頭に浮かんだ。

今なら、作れそうな気がする。

前世では作りたかったけど、値段が高かったり場所が必要だったりでできなかったもんな～。でも今なら魔法とかで自作できるし、場所もある。できない理由がない！

「よし、作ってみよう！」

ということで、ミニチュアの線路を繋《つな》げて玩具の電車を走らせ、人によってはその周囲にジオラマを作ったりして楽しむという某鉄道玩具《てつどうがんぐ》を再現してみることにする。

プラスチックはないから、前に作ったスライムに石灰《せっかい》を混ぜたスライム液を硬質化させて、合成樹脂みたいにしてプラスチックの代わりにしようかな。

というわけで、プラスチック代わりのスライム樹脂で、線路のレールと魔導モーターを使った動く電車の玩具を作る。

前世の鉄道玩具をもじって「スラレール」とでも名付けよう。

「ポチッとな」

手に持った電車の魔導モーターのスイッチを入れると、車輪が回りだす。

思わず顔がニヤつくのが分かり、はやる気持ちを抑えられない。

「よし、いけぇ！」

楕円形《だえん》に組んだレールに電車を載せると、シャーと音を発しながら電車が走りだす。

「あ〜いいなぁ、電車はいいよなぁ〜」

「何がいいんだ？　ん？　また何か作っているな。なんだ、今度は玩具か？」

気付いたらガンツさんがいて声を掛けてきた。

「ガンツさん、ノックぐらいしてよね」

「したぞ、何度もな。返事がないから勝手に開けさせてもらったんだ。なんだ、何が恥ずかしいんだ？　そんなに顔を赤くして」

「べ、別に何もないよ」

「それで、『でんしゃ』ってのはなんだ？　その玩具のことか？」

「こ、これは……その、そう！　『スラレール』っていう子供向けの玩具なんだ」

「ほう、『スラレール』か、楽しそうだな。『レール』っていうのはこの道路みたいな部品か？　この繋ぎ目で互いに接続して、好きなようにレールを繋げられるんだな。ほぉほぉ、ふ～ん」

なんだかんだいって、ガンツさんも興味津々だった。

本当に俺達って、乗り物関連のものばっか作ってるな～。まあ男の子だからしょうがないよね。

◇◇◇

その翌日、いつものように家から工房に来たら、ガンツさんがいなかった。

「いつもこの時間はこの辺で作業しているのにな。ま、いいか」

独り言を言いながら自分の開発室に入ると、アルコール臭《しゅう》が鼻につく。

「うわっ！　お酒臭《くさ》っ！　何？」

部屋に充満するお酒の臭《にお》いに違和感を覚えながら足を踏み入れると、何かを踏み、「痛っ」と声が出る。

部屋の中をよく見ると、スラレールがギッシリと敷かれていて、中央には酒瓶《さかびん》を抱えたガンツさんが寝ていた。

しかもスラレールの電車は一両しか作ってなかったはずなのに、今は五両編成のが三台ほど走行していて、シャーシャーと音が重なって聞こえる。

「これは、どういうこと？　起こして聞かないと分からないか。ガンツさ～ん!!」

ガンツさんを呼びながら、揺《ゆ》り起こす。

「う～ん、お、ケインか。もう朝か」

「おはようガンツさん、それでこれはどういう状況なのかな？」

「いやな、お前が帰った後、これがな、走っているのを眺めているうちにな、楽しくなってな、せっかくレールがあるなら、どこまで繋げられるか気になってな、あるだけ繋いだら、こうなった。でな、走らせているうちにな、ちょっと楽しくなって酒を飲み始めてな、でな、よく見たら、このスラレールの後ろに連結箇所が見えたからな、電車も接続できるなと思ってな、動力部を抜いたものを作ってな、後ろに繋げてみたんだ。そしたら、これが動いているのを見ているだけなのに意外に楽しくてな。電車を増やしたら、もっと楽しくなるかなと思ってな、増やしたらこうなった」

「は～長々と。まぁ楽しくなる気持ちは分からなくもないけど、寝坊するまではやりすぎだよ。とにかく朝の支度を済ませてきて！」

「それもそうだな。ちょっと待ってろ」

ガンツさんを見送り、スラレールや工具類をインベントリにまとめて収納する。

「よくこれだけ繋いだよな。しかし、実物を知らないのに想像だけで電車を作っちゃったよ。ガンツさんの技術力って本当に凄いな……」

しばらくしてガンツさんが戻ってきた。

「悪かったな、ケイン。それで今日はどういう予定だ？」

「そうだね～、まずは魔導工具を工房で働いている他の職人さんに見せて、職人さん達が使えるようにしたいかな」

「そうだな。それはワシから、伝えておこう」

「お願いね」

ガンツさんと一緒に工房の一階に行くと、ちょうとデューク様の執事《しつじ》のセバス様が訪ねてきたところだった。

俺はガンツさんに他の職人さんへの説明をお願いし、セバス様の対応をする。

「セバス様、こんなに早い時間にどうしました？」

「ケイン様、おはようございます。実はこの間提案していただいた遷都の件なのですが、話がうまくまとまらないので、もう一度関係者の前で説明をお願いできますでしょうか？」

「説明ですか。分かりました。では、お昼過ぎに行く感じでよろしいですか？」

「ありがとうございます。旦那《だんな》様にはそのようにお伝えしておきます。お昼にこちらにお迎えに参りますので、よろしくお願いします」

「分かりました」

しばらくほったらかしになっていると思った遷都の話だけど、デューク様達サイドで話がごたついてたのか。

まあ、大変な事業だもんね。

それはさておき、お昼まで時間があるので、俺は別の発明を考え始めた。

モーターが作れたことでいろいろとアイディアが湧《わ》いてきたんだよね。前世で使っていた家電を再現するまで、あと一歩と感じられるところまできた。

とりあえず、今の段階で何が作れそうかを考えてみる。

まずは洗濯機、乾燥機、掃除機、扇風機、換気扇、ミキサー、スライサー、電子レンジあたりかな。

思いついたものは、メモしておく。

さて、何から作るのがいいかな～。使う頻度《ひんど》とか便利さとかを度外視して考えるなら、ミキサーが欲しいな。

ミキサーがあれば果汁を搾《しぼ》っただけのジュースじゃなくて、果肉入りミックスジュースも飲めるし、肉を挽肉《ひきにく》風にしてハンバーグ、パンをパン粉《こ》風にしてメンチカツやトンカツが作れるかも。

よし、それならミキサーいってみるか。

まずはミキサーの土台をスライム製プラスチックで作り、魔導モーターを内部に設置して、モーターの回転軸の先端部分だけを出す。

次に半透明なスライム製プラスチックで作ったカップ部分を作り、モーターの回転軸と接続できるカッターをつける。

こんなもんかなと思ったあと、試しにカップをひっくり返すようにしてモーターと接続し、上から押し込むとギュイーンとカッターが回った。

「おお～！　これでハンバーグが食べられるようになる～」

ハンバーグのことを思い出していると、思わず涎《よだれ》が溢《あふ》れてくる。

「おうケイン、工具の説明をしてきたぞ……ってなんだそれは！　口元の涎を拭《ふ》かんか。昼寝でもしてたか？」

「昼寝じゃないよ、ちょっと食べたいもののことを考えていただけなんだ」

「そうなのか？　ケインが涎を垂らすほどのものか。美味《うま》そうな感じだな。できたらごちそうしてくれ」

「分かったよ。任せて！　あ、ところでまた遷都の説明をしにお屋敷に行くことになったよ」

なんて話していたらタイミングよく工房の内線電話が鳴り、職人さんからセバス様が迎えに来ていると告げられた。

2　計画しました

セバス様の手配した馬車に揺られ、お屋敷に着く。

会議室に案内されると、デューク様の他に初対面の人が数人着席していた。どうやらこの人達は、デューク様の部下らしい。

俺とガンツさんとセバス様が座ると、デューク様が話を切りだす。

「ケイン、わざわざ来てもらってすまなかったな。前に遷都について提案してもらったが、どうもこいつらがな。車もバイクも想像がつかないと言って、話が前に進まないのだ」

「そうだったんですね。まぁ無理もないですね。では教習所まで行って、実際に車に乗ってもらうのが早そうですね。その後は路上教習コースを走りましょう」

デューク様にそう言って、ガンツさんにお願いする。

「ガンツさん、そういうわけで頼める？」

「構わんよ。車なんて乗ってみないと分からんだろう。じゃあ行くか」

俺とデューク様以外が席を立ち、ガンツさんとセバス様について会議室を出ていった。

セバス様は別に教習所に行く必要ないと思うんだけど、車好きっていうか、スピード狂な一面があることが発覚したからな。

車って聞いたら我慢できないんだろう。

「ケインよ、この時間を利用して聞きたいことがあるんだが」

「え、なんでしょう？」

みんなが戻ってくるまで暇《ひま》だな～と思っていたら、デューク様に尋ねられた。

「最近、ガンツとお前が乗りまわしている乗り物はなんなんだ？　見た目は少し前に出たキックボードとほぼ同じだが、地面を蹴《け》ることなく走っていると聞いた。どういう仕組みなんだ？」

「あ～それはですね……」

俺が魔導キックボードのことを説明すると、そもそも動力はなんなのか？　という話になり、蒸気機関のことや、蒸気機関と魔導モーターの違い、モーターが磁力で動く仕組みなども説明することになった。

「なるほどなぁ。ところでその『魔導キックボード』はここに持ってきてはないのか？」

説明が終わると、デューク様が即座に言ってきた。

この人、本当に理解してるのかな。

ただ単に新しい乗り物に早く乗りたいだけなんじゃ。

なんて思いつつも「ありますよ。これです」と、魔導キックボードをデューク様の前に出す。

「ちょっと借りるぞ」

言うなり、デューク様は魔導キックボードに乗って廊下《ろうか》に出ていった。

「ヒャッフォ～」

遠くからデューク様の声がする。

「ハァ～これはしばらく帰ってこないな」

そしてどうせ帰ってきたら、自分にも作ってくれとせがむんだろうな。

とか思っているうちに、いつの間にか時間が経ってたみたいで、ガンツさん達が戻ってきた。

初めて車に乗った感想を、それぞれ興奮気味に話し合っている。

みんなが落ち着くのを待っているうちに、今度はデューク様が部屋に飛び込んできて「ケイン、俺の分も作ってくれ！」と叫びだしたが、セバス様になだめられてとにかく会議を進めることになった。


というわけで、改めて全員で座り、お互いに自己紹介をする。

「都市計画担当のリース・ダグラスといいます。よろしくお願いしますね」

「法務担当のジーク・ライアンです。よろしく」

「財政担当のマイク・チェスターです。よろしくね」

「通商担当のケリー・クラークといいます。よろしくお願いします」

「領主補佐のウィリアム・マードックです。よろしくお願いします」

「同じく領主補佐のビル・クリフォードです。よろしくです」

うわ〜、覚えられる気がしないと心の中で思ったのは置いといて、「僕はケインといいます。よろしくお願いします」と言って頭を下げた。

それから、改めて俺から遷都の提案について詳しいことを説明する。

するとデューク様の部下達がそれぞれ自分の意見を述べていく。

まず都市計画担当のリースさんが挙手してから、話しだした。

「都市計画の面から見ると、遷都は適切でしょうね。車が走りまわることを考えると、今のこの都市の道幅では難しいと思います。また、今は人も荷馬車も同じ道を利用しています。これでは、それぞれの乗り物が安全に走ることは不可能だと思います。ただ懸念として、遷都にかかる費用や、遷都先をどこに決定するかという問題があります。今は領地の海の近くを含め、いくつかの場所を検討中です」

次に財政担当のマイクさんが言う。

「遷都にかかる費用は、今の段階では見当がつかないというか、回答できませんね。費用をかければかけるだけいい都市になるわけですが、どこまで出すべきかという判断材料が足りません。ただ、何か人手を減らす方法があれば、多少は予算が抑えられるかと」

「ふむ、ケインよ。何かあるか？」

デューク様に聞かれて、俺のアイディアを伝える。

「『重機《じゅうき》』を俺が作れば、必要な人手は半分くらいにできるかもしれません。重機は土を運んだり掘ったり、土木工事や建設工事を迅速《じんそく》に進めるための道具です。ただ重機自体が大きいので、組み立てに広い場所が必要になります。場所があれば、三週間くらいでできるかと思います」

「うむ、分かった。では次に遷都ではなく都市の拡張を行いたい者の意見を言ってくれ」

デューク様が促《うなが》す。

え？　てっきり遷都一択で決まったと思ってたけど、この領都を拡張したいって人もいるんだ。

今度は領主補佐のウィリアムさんが、挙手してから話しだす。

「領主補佐の立場からは、現在の都市の拡張を提案します。メリットは遷都では移住を渋る者が出る可能性がありますが、拡張であればその心配がない点です。また遷都先に人口が集まってしまった場合、現在の都市の過疎化《かそか》が問題になるでしょうが、その点も考える必要がありません。デメリットは新しい道路の整備が難しく、工事期間が遷都に比べて長引くことでしょうか」

「ああ。拡張するとなると、まずは城壁の拡張から始めるハメになるからな……その後は現在の都市をブロック単位に分けて順次工事を進めるといったところか……確かに大変そうだ」

デューク様はそれを聞いて悩んでいる様子だった。

ふーん、遷都にしろ拡張にしろ、一長一短って感じなのか。

でも、俺の発明を使ったらいい感じの折衷案《せっちゅうあん》が出せそうだなと思い、手を挙げて発言の許可を得る。

「ケインか。何か言いたいことがあるのか？」

「はい。遷都も拡張もどちらもやるっていうのはだめでしょうか？」

「またわけが分からないことを……ケインよ、説明してくれ」

デューク様にハァ～と嘆息《たんそく》されながら言われる。

「便宜上、遷都した後の領都を『新都市《しんとし》』、今現在の領都を『旧都市《きゅうとし》』と呼びますね。遷都の候補地の一つである川の河口《かこう》付近の土地は馬車だと半日くらいの場所ですが、車なら一時間で行けます」

「そんなに短い時間で⁉」

「それなら新都市に通勤して働き、旧都市に自宅を持つということも可能そうだ」

俺の発言に、デューク様の部下達がざわつく。

「車のライセンスを取れない人もいるかもですが、その人達用に『バス』という乗合馬車のような大型の車の開発も考えています。これなら新都市は工業都市、旧都市は農業都市みたいな感じで産業を別にすれば、片方の都市が極端に過疎化することも防げるかなと思います」

「ほう、なるほどな」

「これは面白そうですね」

「ちなみに都市計画はこんな感じでどうですかね」

デューク様や部下達が納得してくれたので、俺はテーブルの上に自分のイメージしている新都市の模型を魔法で「えぃっ」と作っていく。

新都市の模型には交通整備のことを考えて、八車線の主要道路とか、円環《えんかん》型の高架《こうか》の上を走る電車とかを配置した。

都市の中央には、行政施設や商業施設を立体駐車場と併《あわ》せて建設し、住民用に高層の集合住宅も作るつもりだ。

作りまくって楽しくなってきたところで、デューク様から「そのへんでよかろう」と声を掛けられたのでやめた。

「これがケインが考える理想都市か」

「交通の便《べん》はかなりよさそうですね。これが実現すると思うと楽しみです」

それから俺はデューク様や部下達に高層の建物はエレベーターで移動できることとか、魔道具で水道、電気、ガス、冷暖房のようなインフラが整備できることとかを伝える。

「ほう、そこまで考えているか。ならあとはお前達で検討できるだろう。いいか？」

「「「はい！」」」

部下達が返事をするとデューク様は満足げに頷《うなず》き、俺に聞いてくる。

「でな、ケインよ。この模型はしばらく借りてていいか？」

「いいですよ。ご自由に」

というわけで、遷都するには遷都するんだけど、新都市を作るのに加え、旧都市もいい感じに運用していくという感じでいちおう話がまとまった。

「なぁ〜デューク様よ〜」

ひと通りの話が終わったところで、悪い顔をしたガンツさんが話に入ってくる。

「ついでに聞くが、酒の醸造所《じょうぞうじょ》とかの土地を用意してもらえるって話はどうなったんだ？」

「あ〜その話もまだだったな〜。そうだな、新都市に用意した方がいいかもな。それでもいいか？」

「ワシはそれで問題ない。だがな、それ以外のプラスアルファ何かもらえないのか？　どうせ都市作りにあたってはワシもこき使う気なんだろ？」

ガンツさんは思うところがあるのか、デューク様に対し、少しくらいのワガママは通るだろうと言わんばかりに問いかける。

「ま、俺の領地内だから土地をガンツ達に与えるのは自由にできる。だが、その分は働いてもらうぞ」

「だから、さっきから言ってるだろ。新都市に関して依頼があるならプラスアルファの褒美《ほうび》を用意してもらわないとなぁ〜。口約束だけじゃなく、何かしらの契約を残してくれ。ワシは貴族様はあまり信用できないのでな。それに新しい酒を作れると仲間に話してしまったんだ」

ガンツさんは、領都でウイスキーの醸造や熟成をやっていることを故郷にいる仲間のドワーフに手紙で報告済みらしい。

そしてそのお酒を目当てに、ドワーフ達がたくさん領都に向かってきてるみたいだ。

「だから、もしその蒸留酒《じょうりゅうしゅ》の施設ができていないどころか、建設予定の場所すらないとなれば、やって来たドワーフの仲間が暴れるかもしれないなぁ～」

ガンツさんがニヤリと笑ってデューク様に言う。

いくらお酒好きな種族であるドワーフだからって、こんな脅《おど》しまがいのことまでやるなんて、ガンツさんのアル中ぶりは怖い。

ハァ～と嘆息するデューク様。

「やむをえないな。今は口約束にはなってしまうが、褒美は必ず考えておく。形になった時点でお前に報告するから、それまで暴動が起きないよう監視を頼むぞ」

「うむ、分かった。それで結構だ。では失礼するかな、ケイン行こうか」

「はい、では失礼しますね」

そんなこんなで、俺とガンツさんは会議室から出てお屋敷をあとにした。

ガンツさんとお屋敷を出てから、俺は工房に戻って、別の発明について考えることにした。

液晶画面が作れれば、いろいろな発明に応用ができる気がするんだよな～。液晶ってことは、まずはガラス板を作ればいいのかな？

でも液晶って別にガラスでできてるわけじゃないよね？　うーん分からん。

でも「えぃっ」ってでなんとかなるだろ。

ひとまず、０から９までのアラビア数字を電光《でんこう》で表示する部品である「７セグ」こと「７セグメントディスプレイ」に挑戦するか。

とりあえず光の魔道具を使えば数字を光らせるのはできそう。

あとはここから、魔法陣をどう改造するかだよな～。

いつもは魔法陣に描かれている図形を解析して、目的に応じて自己流に図式を変更しているんだよね。これで「磁力を出す」もできたから、「好きな箇所を好きなように光らせる」魔法陣も作れるでしょ。

ってことで魔導リューターで「０から９までのアラビア数字を電光で表示する」魔法陣を描いてみて、魔力を流すとイメージ通りの７セグができた。

「できたね～。これができるといろんなものに使えるな～」

何に使えるかをいろいろ考えながらメモに書き込んでいく。

エレベーターの階数表示、温度計、湿度計、携帯電話の番号表示、あとは電卓ができるかも。

まずは電卓が欲しいな。でも構造はよく分からない。

ということで前世でぼんやり覚えている８ビットとかメモリとか四則演算《しそくえんざん》とか適当な電卓知識をイメージしつつ、７セグの魔法陣を組み込み、「えぃっ」と電卓を作る。

それっぽいものが完成したので、とりあえずインベントリに収納する。

窓の外を見るともう夕方だったので、工房をあとにした。

家に帰ると次兄《じけい》のクリス兄さんがソファに座っていたので、試作品の電卓を取り出しクリス兄さんに渡す。

「ケインこれは何？」

「『電卓』だよ、クリス兄さん。試しにボタンを押して計算してみて」

「分かった。やってみるね」

ボタンを押し結果が表示されたのを見て、クリス兄さんの目の色が変わった。

それからクリス兄さんはいくつかのボタンを押した後、電卓の表示を見て笑う。

たぶん、暗算した結果と合っていたのだろう。

クリス兄さんは俺を見ながら大きい声を出す。

「凄い！　ケイン、凄いよ！　これは！」

「クリス、何を興奮してるんだ？」

騒いでたら長兄《ちょうけい》のサム兄さんが様子を見に来た。

ちなみにサム兄さん、クリス兄さんのことは、まとめて兄ズって呼んでる。

「サム兄さん、これはケインが作ったんだけど、ボタンを押すだけで計算ができるんだ。ソロバン以上だよ」

「そんなに興奮するほどか？」

クリス兄さんと違い、サム兄さんは何が凄いのか理解していない。

「チッチッ、分かってないな～サム兄さんは。ソロバンは使い方を覚えるまでに一定の期間が必要だけど、電卓は誰でもすぐに計算が可能になるんだ。ほんと凄いよ、これは！」

「そんなに凄いのか？」

今度は父さんがやって来て、興奮冷めやらぬクリス兄さんに確認する。

「父さん、これを使えば今まで面倒だった店の経理がかなり楽になるよ。ケイン、これはもらっていいの？　もらったら返さないよ！」

嬉しそうに俺に電卓をねだるクリス兄さんに頷く。

「クリス兄さんなら価値を理解してくれると分かってたからね……って、あ。そうだ」

俺はそこであることを思い出してみんなに言う。

「みんな携帯電話を持ってきてもらえる？　機種変更したいから」

「「機種変更？」」

一斉に首を捻《ひね》る父さん達に「ま、いいからとりあえず持ってきてよ」とお願いすると、父さん達は持ってきた携帯電話をテーブルに置く。

「はい、これが新しい携帯電話。番号は前のままだから」

俺は電卓を作った後にパパッと作っておいた液晶画面つきの携帯電話をみんなに配り、使い方を説明する。

「なるほど。かける相手の番号が表示されるようになったんだな。これだけでもありがたいな」

「それだけじゃないよ。電話をかけてきた相手の番号も表示されるんだ」

「へ〜、いいな」

父さんと会話していると、母さんもリビングに来た。

「はいはい、ご飯にするからテーブルの上は片付けてね」

「「「は〜い」」」

父さん達と返事をしながら母さんを見て、ミキサーのことを思い出す。

インベントリから取り出した魔導ミキサーを、テーブルの上に置く。

「あ、そうだ母さん、今度これを使ってみてよ」

「ん？　ケイン、なんなのこれは？」

「『魔導ミキサー』だよ。これで玉ねぎを刻んだり、肉を細かくすることができるんだ」

「これを使うと玉ねぎのみじん切りが簡単にできるってことでいいのね、でも肉を細かくしてどうすんの？　細切《こまぎ》れの肉なんて美味《おい》しくないでしょ？」

「試しにさ、細かくした肉と玉ねぎをお団子《だんご》にしたらどうかな？」

「あら、それはいいわね。分かったわ、今日は無理だから明日試してみるわ」

よし、これでハンバーグが食べられるかもしれない。

「ありがとう！　母さん」

「あら、大げさね。試してみるだけなのに。さ、食べましょ」

「「「いただきま〜す」」」

3　視察しました

翌朝、工房に行くとガンツさんに声を掛ける。

「ガンツさん、今日はデューク様のお屋敷に行って用事を済ませてしまおうよ」

「用事？　何かあったか」

「遷都先の土地をね、先にもらってしまおうと思って」

「なるほどな。なかなかもらえないのなら、自分達で取りに行こうってか。いいぞ、乗った！」


ということでデューク様のお屋敷に移動し、応接室に通してもらう。

「で、ガンツにケインよ、話とはなんだ？」

デューク様が俺達に話を振ってくる。

それに対し、ガンツさんが話し始める。

「先日の土地の話なんだがな。遷都候補の土地のうち、ワシ達の分だけ先に確保できないかなと思ってな」

「またその話か。決まってから連絡すると言ったばかりだろう。まあいちおう候補地は決めてはいるから、そこでもいいか？」

デューク様に聞かれて、俺が答える。

「どちらにしても、今の領都の中にはもうもらえる土地がないですよね？　なら新都市で俺達が開発した場所を報酬《ほうしゅう》として欲しいんです」

「悪くはないがな。一体どれだけの土地が必要なんだ？」

「まずは自分達の工房ですね。それに車の製造工場、重機の製造工場、醸造所、職人の住宅、車を更に改良する前提なら、レース場とか作ってもいいかもしれませんね……まだまだ増えるかもしれませんが、思いつくのはこんなところですか」

「おいおい、まったく遠慮がないな。まあいい、セバスよ地図を頼む」

セバス様から地図を受け取り、デューク様がテーブルの上に広げる。

「候補地として考えているのは、この辺りだ」

デューク様が指さしたのは、川が海へ流れ込む河口付近一帯の土地だ。

領都からの距離は馬車で一日ほどで、今はサイカ村という小さな漁村があるだけらしい。

「最初は港を作ろうと思っていたが、水深の浅い遠浅《とおあさ》の地形でな。大型の船が入ってこられないので諦めたんだ」

「そうなんですね。じゃあサイカ村の対岸の、無人の地域をもらって開発しますね。ガンツさんもそれでいい？」

「ワシは土地さえもらえるならいいぞ」

「では視察に行ってきますので、ダンさんをお借りできますか？」

俺はデューク様の部下で、教習所で車のライセンスを取ったダンという人に運転を頼み、早速新都市の候補地に向かう。


しばらく車で走ると、海と漁村が見える場所まで来た。

あの漁村がサイカ村か。

「結構走ったな。あそこで飯を食おう。食堂はなくても何か食べさせてくれるだろう」

ガンツさんがそう言うので漁村に入ると、車に村人が群《むら》がってくる。

車を降り、珍《めずら》しそうに車を見ている村人達に、食事ができないか尋ねた。

「食堂はないし、魚しかないが飯《めし》は出せるぞ。食うか？」

「はい、ぜひお願いします」

「なら、ついてきな」

村人の男性がそう言って案内してくれた。

歩いてすぐ、男性の家らしきところに到着する。

「お〜い、客人だ。ありものでいいから飯食わせてやって」

「はいよ、ちょっと待ってもらって」

家の奥から男性の奥さんらしき人の声がした。

「んじゃ、飯が出てくるまで話を聞かせてもらうか。あんた達は何をしにこんなところまで来たんだ？」

「この辺り一帯を開発することになって、その視察に来ました」

俺が説明すると、男性はハァ〜と嘆息する。

「今更か。ここはもともと港にする予定だったたってのは聞いているか？」

「はい、事前に聞きました」

「そうか、港にする予定だったのが遠浅なもんでな。砂を掘って岸辺の水深を増す案も出たが、肝《かん》心《じん》の予算が出ないってことで見放された土地がここだ」

「そうだったんですね、僕達は邪魔にならないように川の向こう岸で作業を始める予定です。支障はないでしょうか」

「俺達の漁にも影響しないと思うから、好きにやればいい」

「はい、ありがとうございます」

「話は終わったの？　なら運ぶから手伝って」

奥さんらしき人に言われ、配膳《はいぜん》を手伝う。

用意してもらった食事の内容は、おかずが魚のパン食だった。

魚がメインならご飯がよかったと思うけど、人の家で食事を出してもらってるのに贅沢《ぜいたく》だよね。

「ごちそうさまでした。これ、少ないですが」

食事を済ませ、お礼と共に銀貨を数枚渡して、サイカ村をあとにした。

ところで、車で走ってきて感じたけど、この川には橋がかかっていないようだ。

ダンさんにも確認したけど、開発が放置された場所なので、橋は作っていないらしい。

せっかくだから、まずは橋から作るか。

なので車に乗り川沿いを走りながら、橋を作る場所を選定する。

「お、ここがよさそう。じゃあ、作ろうかな」

「え、ケイン君。作るって何をですか？」

「いやだなぁダンさん。決まってるじゃないですか。何をって橋ですよ。えぃっ！」

一瞬で立派なトラス橋が対岸まで伸びた。

ちなみにトラス橋っていうのは、棒材《ぼうざい》を組み合わせることで強度を高めた橋のことね。

「え？」

ダンさんが放心状態なので、小突《こづ》いて現実に戻ってきてもらう。

橋は三段の多層構造にして、一番下を歩行者や荷馬車、その上を車、その上を列車が走れるようにした。

もちろん各階層の出入り口やエレベーターも設置済みだ。

それから橋を渡って、向こう岸の土地に到着し、周辺を見てまわることにする。

河口付近まで来てみると、海の向こうに都市らしきものが見えることに気が付いた。

「ねえダンさん、海の向こうに見えるのはどこかの都市なの？　遠いからはっきりは見えないけど、大きな都市って感じがする」

「あ～、あれは確か王都《おうと》ですよ。私も話に聞いただけですが」

「そうなの？　王都までは馬車で一週間とか掛かるって聞いていたから、もっと遠いもんだと思っていたんだけど」

「陸路では時間が掛かるんですよ」

「なら海はなんでダメなの？」

「先ほどの話にも出ましたが、遠浅で船が出入りしにくいのと、沖に出ても風が弱いので海路は難しいんですよ」

「そうなんだ。なら遠浅さえなんとかして港を作れば、魔導モーターを搭載《とうさい》した船で行き来できるかもね」

「おう、面白そうだな」

俺とダンさんが話していたら、乗り物の話題になった途端ガンツさんが入ってきた。

ノリノリなガンツさんに比べ、ダンさんはというと……

「………」

あ、ダンさんがまた放心状態だ。早く慣れてほしいな。ま、いいか。

その後、ガンツさんと一緒にこの土地に何を作っていくか話し合った。

海側から、遠浅の影響を受けない波止場《はとば》や港、船で物資を運んだ時用の倉庫、船の乗客用の駐車場や待合所、造船所、今領都にあるのより大きな工房、醸造所、蒸留所、職人用の住宅街、その間を繋ぐ道路や線路などなど、次から次にアイディアが出てくる。

夢が広がっちゃうな。

せっかくなので、構想した内容をそのまま具現化した模型を「えぃっ」っと作り、インベントリに収納した。

こうして視察が済んだところで、いったん領都に戻る。

それからデューク様のお屋敷に行って欲しい土地の説明をすると、デューク様はこめかみを押さえる。

「……お前ら、こんなデカい土地をくれって言うのか？」

「え～？　くれるって約束しましたよね、せっかく橋まで作ったのに、今更嘘《うそ》つくんですか？」

「いや、今ここで確約しよう。どうだ、今までの発明の功績への褒美も加えての大盤振《おおばんぶ》る舞《ま》いだぞ！」

デューク様が得意げに言うと、ガンツさんがフンと鼻を鳴らし不機嫌《ふきげん》そうになる。

「ケインよ。こうは言っているが、橋の建設費用と工事期間のことを思えば、ずいぶん買い叩かれているると覚えておけよ」

「厳しいなガンツよ。まあだがその通りだ」

「な、ケインこういうことだ。だから貴族様は信用しすぎるなよ」

ガンツさんに同意を求められるけど、「うーん、俺としては自由にモノ作りができてればなんでもいいや！」と言ったら、ガンツさんはまた「フン！」と鼻息を荒くしていた。


それからお屋敷を出てガンツさんと工房の前まで来ると、何やら騒《さわ》がしい。

集団で騒いでいる見慣れない人達がいる。

その騒がしい集団にゆっくり近付くと、ドワーフの団体だった。

「お、ガンツ！　やっと戻ってきやがった」

その集団の中の一人がガンツさんにそう声を掛けると、ガンツさんもその声の主《ぬし》に気付く。

「ガンボか！　お前が里から出てきたのか？」

声の主のドワーフは、ガンツさんの知り合いらしい。

名前はガンボか。見た目も名前もガンツさんそっくりだ。

ガンボさんは、ガンツさんにニヤリと笑顔で話しかける。

「ああ、お前が新しい酒ができたって言うから、わざわざここまで来たんだ。さ、見せろ！　いや、ってか飲ませろ！」

「まったくせっかちだな。分かったわ。ケインよ、またな」

そう言ってガンツさんは、ガンボさん達ドワーフと一緒に工房に入っていく。

お酒目当てで領都に向かってるドワーフ達がいるって聞いたけど、本当だったんだな。

お酒のためだけに凄い行動力だ。


なんて思いつつ、俺も家に着く。

今日はハンバーグが食べられるはずだ。

「ただいま～ねぇ母さん、どう？」

台所に立つ母さんの手元を覗き込みながら、聞いてみる。

「あはは。ケイン、そんなに気になるかい？　お目当てのものはそこにあるけど、どうだい？　うまくできたと思うけど？」

母さんが指さしたところを見ると、皿に盛《も》られた茶色いものがある。

見た目はミートボールだな、ハンバーグには見えないけど、形まで伝えていないししょうがない。

でも、これはこれで美味しそう。

「ちょっともらっていい？」

「一個だけならね」

ミートボールを一つ摘《つま》み、口に入れる。

「うわぁ〜肉汁《にくじゅう》が凄い！　硬いところがない！　美味しい！」

「成功みたいだね。じゃあ、夕ご飯にしようか。それ持ってきて」

「うん！」

母さんを手伝い、ミートボールが盛られた皿をテーブルの上に置く。

「お、見慣れないおかずだな。どれ。ん、美味いな、ツマミにもなる。凄いな母さん」

父さんが食べてそう言うと、兄ズも「俺も」「僕も」と口に入れ「美味い！」と絶賛する。

「これね、ケインがくれたミキサーってので作ったのよ。ありがとうねケイン」

「俺のワガママで作ってもらったんだからお礼はいらないよ、俺こそありがとう母さん」

「ふふふ。そうね、でも嬉しいのは本当よ」

「ならさ母さん、今度はこれをパン粉を使って揚《あ》げてみてよ」

「あら、また新しい料理ね。でも『パン粉』って何？」

「硬くなっちゃったパンをミキサーで細かくしたものだよ。それでね、この肉団子に纏《まと》わせて揚げるの。どう？」

「これにそのパン粉をつけるのね。でも、パン粉はこのままじゃつかないわよ？」

「それは溶《と》き卵《たまご》を使えばできるんじゃないかな？」

「それはできそうね、分かったわ。次に作る時にやってみるから」

「うん、お願いね。母さん」

4　寮《りょう》完備でした

昨夜はガンツさんの工房にお仲間がたくさん来ていたから、今朝はもしかしたら、もしかするよな～と思いつつ、工房のドアを開けると全体的にお酒臭かった。

やっぱりお酒好きのドワーフだけあって、酒盛《さかも》りするのを止められなかったみたいだ。

気を取り直してエレベーターに乗り込み自分の開発室に入る。

お酒臭いし、加齢臭《かれいしゅう》も凄い。その原因はといえば、死屍累々《ししるいるい》といった様子で転がっているドワーフ達だ。

「えっ、なぜここに？」

よく見るとドワーフ達の手には、ブルドーザーにユンボにトラックにクレーンにパワーショベルといった俺の作った重機の模型や、スラレールが握られている。

「ガンツさん、ガンツさんってば！」

騒ぎを起こした張本人を発見し、肩を思いっきり揺らす。

「お、おう、ケ、ケインか。起きる、起きるから揺らすのを止めてくれ。ウ、ウプッ」

「は〜さっさと身支度を済ませてよ。あと、他のドワーフ達もなんとかしてね！」

「ケ、ケイン、すまんがちょいと二日酔《ふつかよ》いを治してくれんか。頼むわ」

「もう、しょうがないな」

『ヒール』を唱《とな》えると、転がっていたドワーフ達があちこちで動きだす。

「お、何か気分がよくなったぞ。さっきまでの頭痛が嘘のようだ」

「おいガンボ、さっさと支度するぞ。こっちに来い。お前らもさっさとする！」

「「「は〜い」」」

転がっていた大小様々なドワーフ達が起き上がって動きだす。

ガンツさんが出ていった後で窓を開け、空気を入れ替える。

しばらくすると、顔を洗い朝食を済ませたガンツさん達がゾロゾロと部屋に入ってきた。

だから、なんで俺の開発室に集まるのさ。

「改めてすまんかったな、ケイン」

「「「すみませんでした」」」

ガンツさんに続き、ドワーフ達が頭を下げた。

「もういいよ。それにしてもなんでこの部屋だったの？」

俺の素朴な質問にガンツさんが答える。

「いやな最初はワシの部屋だったんだよ。ただ話をするうちにな、ケインの発明が信じられんとか言われてな。ワシがムキになってケインの部屋になら何か証明になるものが何かあるだろと思って入ったんだ。証拠になる発明はあるにはあったが……あとは見ての通りだ」

「は〜、そう。もう二度としないでね！　で、このドワーフ達はこれからどうするの？」

「それがな、醸造所ができるなら河口近くの土地で働きたいらしい」

「はあ〜？　どんだけお酒が好きなのさ。でもまあ、手はいくらあっても足りないからいいか」

というわけで昨日作った河口付近の土地の模型を出し、ドワーフ達に建設計画を説明する。

俺がご褒美でもらったこの土地は、これからドワーフがたくさん住むからってことで「ドワーフタウン」と名付け、開発を進めていくことにする。

ひとまずみんなの住居を作らなきゃなので、ドワーフタウンの建設予定地に移動するか。

ということで、昨日行った場所に魔法で作った「転移ゲート」を繋げる。

俺自身は魔法で転移できるんだけど、人を転移させることはできないかな〜って考えてたら、いつの間にかこの「転移ゲート」を出せるようになってたんだよね。

ちなみに転移ゲートと名付けてはいるけど、形状は空間にぽっかり開いたただの穴だ。

この穴を潜《くぐ》ると、他の人も転移できるようになるんだよね。理屈はよく分からない。

ちなみに転移ゲートは俺の意思で出したり消したりできるものであり、ずっとその場所に存在しっぱなしってわけではない。

あと、転移ゲートが繋がるのは既に行ったことのある場所限定だ。

「「「……」」」

いきなり転移ゲートが出現したのに驚いたのか、ドワーフ達は固まっている。

「たかが魔法じゃない、そんなに驚かないでよ～。さあ行くよ」

「軽く言うなよ、これは凄いことなんだぞ……」

なんてガンツさんに突っ込まれつつ、その場にいた全員でドワーフタウン予定地に移動した。


その後はひとまず、単身者向けの寮みたいな十階建ての建物を「えぃっ」と作った。

一階にはエレベーターが設置してあり、食堂やバーもある。

地下には風呂と貯蔵庫と酒蔵《さかぐら》を用意したと伝えると、ドワーフ達が一斉に「ほう、バー！　酒蔵！」と嬉しそうな声を出した。

二階には集会所兼会議室、三階から十階にはワンルームの部屋がある。ベッド、机、クローゼットは既に設置済みだ。

「あとは各自で部屋を決めてね」

俺がそう言うと、ドワーフ達は我先にとエレベーターに殺到《さっとう》する。

あ、そうだ。携帯電話も全員分作って配っておこう。

「おいケイン、次は工房を作りに行くか」

ガンツさんに言われ、工房の建設予定地に移動する。

工房の建物は、一階は天井を高くしてプレス機とか大きな機械も置けるようにし、二階は会議室、食堂、更衣室、休憩所、簡易シャワー室、工作室、そして三階は俺とガンツさんそれぞれの開発室を作ることになった。もちろんエレベーターつきだ。

工房の隣には別棟を作り、溶鉱炉《ようこうろ》、耐火性のレンガを平積みした鍛冶場《かじば》、プレス加工の機械、天井に吊《つ》るす簡易クレーンなどを設置する。

あとで鉱石やスライム液のストックを、こっちの倉庫にも移動させておこう。


というわけで「えぃっ」

俺の掛け声で俺達の前に、さっきガンツさんと話し合った通りの工房が建つ。

「お、できたな。それじゃ中を確認するか。ふむふむ、なかなかいい感じだが新鮮味はないな」

「ガンツさん、無理言わないでよ。工房で新鮮味って何？」

「それもそうだな。無理言ってすまん。ありがとうな」

「どういたしまして。ちなみに中に置く工具や機械はどうしよう？　旧都市の工房から持ってくる？」

「あっちはあっちで作っているものもあるからな。新しく作るか」

ガンツさんはそう言うとガンボさん達の方に行き、作業の割り振りを始める。

あ、そういえばずんぐりむっくりなドワーフは普通の自動車に乗るのが難しいから、以前ドワーフ専用の自動車を開発したんだ。

試乗してもらって調整しようと思ってたけど、今やるか。そう思って、インベントリから取り出す。

ちなみにインベントリは、自分で運べないくらい重いものでもイメージすれば出したりしまったりできる。あと、実験して分かったけど中では時間が経過しないんだ。

取り出したドワーフ専用車に試乗してもらったところ、乗車はスムーズになったし、ハンドルやブレーキにも手が届くようになっていた。

けど、座席を低くしすぎてルームミラーがほとんど見えないそうだ。

車にカメラを取りつけて車体後部の映像が見られる「バックモニター」をつけてあげたい。

けどまだ映像を撮ったり残したりする魔道具、ないんだよな。

カメラとモニターを「えぃっ」で作り、この構造を分析してバックモニターができないか考えてみる。

今回は光の魔法陣を自己流に改造し、取り込んだ光を吸収する魔法陣、吸収した光を映像としてパネルに表示する魔法陣を作った。

二つを繋げて、それぞれを起動して確認する。

「お、映ったね」

ガンツさんのところに行き、ドワーフ専用車のダッシュボードの中央部分にバックモニターを取りつける。

カメラは、バックギアに入れた時に起動するようにした。

「ガンツさん、ちょっと確認してみて！」

「ほう、どれどれ。ふむ、こう映るのか、なるほど。いいな、これ。余分に作っといてくれな」

「うん、分かったよ」

バックモニターを量産したところで、ふとドローンが作れないかなと思いついた。

ドローンにカメラを搭載できたら、空撮《くうさつ》ができて、この世界の地理を把握しやすくなるかもしれない。

確か図書室でメモした魔法陣に反発や反射の機能があったな。重力に反発するように描き替えたら、浮かせるのは結構簡単にできるかも。

というわけで自己流魔法陣の描き替えで、「重力に反発」する魔法陣を作った。

ドローン本体とドローンからの映像を受信するリモコンは「えぃっ」で作り、魔導モーター、プロペラ、カメラ、高度計を組み込む。

そして姿勢制御《せいぎょ》しやすいように重力に反発する魔法陣をドローンの四隅《よすみ》に取りつけた。

工房の外に出て、もろもろの起動スイッチを入れ、スティックを上方向にゆっくり倒すとドローンが浮き上がる。

モニターには、まだ地面しか映っていない。

「よし、もう少し上げてみるか。五メートル……十メートル……よし、これくらいで」

高く上がったドローンから映像が送られてきた。

映像を見ると、モニターのほぼ中央に自分が映っている。

「これがドローンか～。前世では大きなドローンは許可制になったから買うのを躊躇《ため》ったんだよね～」

いろいろ済ませてふと気が付くと日が暮れ始めていたので、ガンツさんと旧都市に帰ることにした。

ガンボさん達はこのドワーフタウンの寮に住み始めるので、いったんここでお別れだ。

5　雇《やと》いました

転移ゲートを作ってガンツさんを旧都市の工房に送り、俺は家に帰る。

父さんを探すと、晩酌《ばんしゃく》中だった。

「ねえ父さん、うちの商店って支店を出す予定ってある？」

「なんだ、急にどうした？　今のところはないかな」

「ならさ、俺達が開発してるドワーフタウンに支店を出さない？」

インベントリから模型を出し、ショッピングモールを指さすと父さんは信じられない様子だった。

「はぁ？　これが店だと？　領都の商店街が丸ごと一つの建物に入ったようなもんだな」

父さんは出店自体には乗り気で、父さんと兄ズに一緒に、翌日視察に来てもらうことになった。

◇◇◇

そして次の日。俺がドワーフタウンに転移ゲートを繋いだら、ガンツさんの時みたいに父さん達に騒がれた。

毎回みんな同じ反応してくるなぁ。

で、お店の建設予定地に立ち、父さん達に説明すると、みんな来る前よりノリノリになってくれた。

「なんかもう、ここで暮らしたいな〜。こんなん見せられたら完成まで待ちきれなくて辛《つら》いぞ」

「僕もいろいろと楽しみだよ。ねぇいっそここに住めないかな、ケイン」

サム兄さん、クリス兄さんにねだられてうーんと考え込む。

「そういえば独身寮は用意したけど、食事を作ってくれる人がまだいないんだよね〜」

そしたら父さんが横から言ってくる。

「なら、アテがあるから聞いてみようか？」

「あるの!?　ぜひ住み込みでお願い。ドワーフのおじさんがいっぱいいるから、ちゃんと来てくれるか心配だけど……」

◇◇◇

数日後、父さんが食堂で働いてくれる人を見つけたというので、父さんの店で話を聞く。

「実はその人、獣人《じゅうじん》でな。一人じゃなく五人家族で、家族丸ごとで移住できないかと言われたんだがどうだ？　移住できれば給料は最低限でも構わないらしい」

「家族で住むのは大丈夫だよ。で、肝心の料理の腕はどうなの？」

「あの人達なら大丈夫！　私が保証するよ」

店を手伝っている母さんが、横から言ってくる。

「え、母さんも知っている人達なの？　母さんが美味しいって言うなら安心かも」

「うん。前にうちの店に買い物に来てね。最近領都に来たとか聞いたわ。その時に新規のお客さんだからってサービスしたら、子供用に作ったっていうおやつを分けてもらったのよ。あれは、美味しかったわ～」

「へー、でもまだ働き口が見つかってないんだね？」

今度は父さんが言う。

「頼れる人がいないから家を借りるのが難しいらしくてな。保証人がいらないところは家賃が高いし、働くことができても貯金も貯まらないらしい」

「そうなんだ。だけど、ほぼおじさんとお爺《じい》さんばかりのドワーフだらけの職場で大丈夫なの？」

「そこは俺も気になって聞いておいた。子供連れだから、ドワーフ達の人となりを確認したいらしい」

「なら、明日にでもドワーフタウンで会えるように連絡してもらえるかな。頼んでいい？　父さん」

「おういいぞ、向こうも移住できるなら早めがいいって言ってたからな」

そんなことを父さんと話し合い、実際会うことに決まる。

◇◇◇

そして翌朝、面会のために自分の家からガンツさんの工房に転移ゲートを繋いで潜る。

「おはよう、ガンツさん。準備はいい？」

「おう、ケイン。いつでもいいぞ」

「じゃ行くよ」

今度はガンツさんの工房から、父さんのお店の応接室へとゲートを繋ぐ。

ゲートを潜ると、面識のない獣人の家族がソファに座っていて、突然何もないところから出てきた俺達を見て驚いている。

見た感じ、狼《おおかみ》の獣人みたい。

お父さん、お母さん、子供は男の子が二人に女の子が一人の五人家族のようだ。

父さんが俺達と獣人の家族達を交互に見ながら話す。

「ケイン、ガンツさん。こちらが話していたアーロンさんとそのご家族だ。アーロンさん、こいつが私の息子のケインです。さ、ケインも挨拶して」

「はじめまして、ケインです。今開発中のドワーフタウンという場所に寮を用意したのですが、料理人を父に頼んで探していてもらっていたところ、アーロンさんを紹介されました。よろしくお願いします」

「は、はいっ。わ、私がアーロンです……あっ、その、はじめまして!」

「慌《あわ》てずに、まずは報酬や休暇などの条件面から決めていきましょう。いいですか?」

俺はアーロンさんに、まずは落ち着くようお願いする。

「はいっ……」

アーロンさんが緊張した様子で返事をすると、アーロンさんの家族のみんなが一斉にアーロンさんを呼ぶ。

「あなた……」

「親父《おやじ》……」

「お父さん……」

「おとうちゃん……」

生活かかってる感じが凄すぎて、逆に俺がプレッシャーを感じる。

アーロンさんにお願いしたい仕事は、今寮に住んでるドワーフの人達の食事を三食作ってほしい。あとできれば洗濯などもしてほしいというものだ。

寮にはどんどん人が増えそうなので、人手が足りない時は、交代でアーロンさん以外の家族にも働いてもらうことを想定している。

休暇は初めは取りづらそうだけど、ショッピングモールが開店したら食料品店や飲食店も入るはずだから、負担が減るだろうとも伝えておく。

「こんな感じですが、どうでしょう？」

「問題ありません。ところで給料ですが……月給、銀貨八枚でどうでしょう？」

おそるおそる言ってくるアーロンさん。

「父さん。この金額はどうなの？」

相場が分からないので父さんに聞くと、「サムがもう少ししたら、そのくらいの月給になるな」

と教えてくれた。

「へぇそうなんだ。じゃ家族で働いてくれるアーロンさんには安すぎるよね」

少し考えてから、アーロンさんに提案する。

「では金貨三枚でどうですか？　もし休みが取れなかったら上乗せします」

「へ？　上乗せですか？」

アーロンさんは俺が提示した金額が高すぎると感じているのか、すぐには返事をしてくれない。

「あなた……」

「親父……」

「父さん……」

「おとうちゃん……」

だけどアーロンさんの家族が一斉に言うと、アーロンさんは慌てて答える。

「わ、分かりました。報酬はそれで十分です！」

承諾《しょうだく》してくれたので、次はアーロンさんの料理の腕前を見せてもらうことにする。

転移ゲートを独身寮の食堂に繋ぐと、父さん達に手伝ってもらいながら、半《なか》ば放心状態のアーロンさん家族にゲートを潜らせる。

俺、ガンツさん、アーロンさん一家で食堂に移動したら、気付くとアーロンさんが気絶していた。

「アーロンさん、アーロンさん、お～い」

俺が肩を揺すると、アーロンさんは目を覚ましハッとして周りを見渡す。

「こ、ここはどこなんだ⁉」

「アーロンさん、大丈夫です。ここが職場ですよ」

「あなた……」

「親父……」

「父さん……」

「おとうちゃん……」

アーロンさんの家族が心細そうに言うと、アーロンさんは涙目になって抱きつく。

「お前達、無事だったのか～」

アーロンさんの奥さんが、アーロンさんに説明する。

「私達も驚きましたけど、あなたが倒れてる間にケイン様が説明してくれました。これは『転移ゲート』という魔法らしいです。しばらくはこの魔法に頼ることになりそうなので、早く慣れてください」

「……わ、分かった」

「あなた……」

「親父……」

「父さん……」

「おとうちゃん……」

抱き合うアーロンさん家族。なんなんだこのやり取り。

「アーロンさん、落ち着きました？　ここが寮の食堂で、向こうに厨房《ちゅうぼう》があります。いちおう料理の腕を確認したいので、急で悪いですが昼食を作ってもらえますか？」

そう言いながら、インベントリに入れておいた食材を取り出す。

「ヒゥッ……」

「あなた！」

「親父！」

「父さん！」

「おとうちゃん、がんばって！」

インベントリを見て気絶しそうになるアーロンさんを、アーロンさん一家が励ます。

「分かっている。慣れろって言うんだろ。分かったから」

動揺しているアーロンさんと一緒に厨房に食材を運び、料理をしてもらった。

しばらくして、具だくさんのシチューができあがる。

そこへちょうどガンボさんが現れた。

「ん？　なんの匂《にお》いだ？」

「あ、ガンボさん」

「おうケイン、ついに食堂が稼働《かどう》するのか!?」

「そうそう、ガンボさんもどう？」

　というわけでガンボさんも誘い、シチューを試食する。

「「「いただきま～す」」」

「ほう、これはいいな。なあガンボよ」

「ああ、美味いなガンツ」

「ほんとだ！　美味しい！」

　ガンツさん、ガンボさん、俺で感想を言い合う。

　アーロンさんはホッとした様子だ。

「口に合ったみたいでよかったです」

「アーロンさん、これからもこんな感じで、寮のみんなのご飯をよろしくお願いします」

「と、ということは採用でいいですか？」

「はい。もちろん」

　というか、母さんが味を保証してたから、料理の腕を確認する前から完全に採用する気で話を進めちゃってたな。実際に美味しいのが分かってよかった。

「あ、ありがとうございます！」

「あなた……」

「親父……」

「父さん……」

「おとうちゃん……」

お礼を言うアーロンさんの後ろで、家族のみんなもホッとしているようだった。

さてと、次は住居か。

「採用が決まったところで、家の希望はありますか？」

「家の希望というと……？」

首を傾《かし》げるアーロンさんに、更に尋ねる。

「えーと、たとえば戸建《こだ》てがいいとか、アパートがいいとか」

「間取りの話ですか？　そんな……雨露《あまつゆ》がしのげれば十分です」

「ええ～、お子さんもいるのに、それじゃ困るでしょう」

「……しかしその、高い賃金をいただいても、家賃にお金がかかるのは……」

「あ、家賃の心配ですか」

そういえば家賃で困っていたと父さんが言ってたな。

アーロンさんを安心させるために説明する。

「家賃はいただかないですよ。っていうか、家はあげるのでアーロンさんのものになります」

「へっ？」

また放心状態になるアーロンさん。

「家に住めるの？」

「あたしのへやもある!?」

アーロンさんより、お子さんの方がしっかりというか、ちゃっかりしているみたいだ。

「……いやいや、私の家になるって、どういうことですか!?」

我に返ったアーロンさんが聞いてくる。

「どうもこうもそのままですよ？　建てた家はあげるので、そこに住んでください」

俺の横にいたガンツさんが、途中で話に入ってくる。

「待て待てケイン、どういう家がいいかまだ聞いてないぞ」

「あ、それに建てる場所も決めなきゃだね」

「待ってください！」

今度はアーロンさんが割り込んでくる。

「え、どうしました？」

「どうしましたって、家ですよ!?」

パニック状態なアーロンさん。

「家って、そんなに簡単にあげたりもらったりするもんじゃないでしょう？　というか、そもそもそんな簡単に作れるもんじゃないでしょ？」

「作れますよ」

「作れるぞ！」

「作れたな」

俺が家なら簡単に作れると言うと、ガンツさん、ガンボさんも同意する。

「……あなた達は、私をおちょくっているんですか⁉」

「おちょくるも何も、この寮だってケインが魔法で『えぃっ』って一瞬で建てたものだぞ」

「へっ？」

ガンボさんに言われ、またアーロンさんが放心状態になる。

「ですからアーロンさん、どんな要望でもできる限りは応えますよ」

「……え～と、その、どんなでも？」

「ええ」

「……トイレ、風呂つきとか？」

「当たり前ですよ～」

「……台所、食堂、子供部屋とかも？」

「家族で住むなら必要ですよね」

アーロンさんが遠慮がちながら、ようやく要望を話し始めた。

俺があっさりオッケーすると、アーロンさん慌てた様子で、奥さんと小声で相談を始めた。

相談が終わると、アーロンさんが俺を見て言う。

「では……一軒家をお願いします。家の造りはお任せします」

「それはダメですよ！」

すべてお任せとか言ってくる人ほど、完成品を見てからあれこれ要求が出てくるもんだからな～。

なんて心で思いながら、それは言わないでおく。

「では、ここに平均的な造りの家の模型を出しますね。えぃっ！」

俺の掛け声で、二階建ての一軒家のミニチュア模型がテーブルの上に現れる。

「ハア～、ケインよ、少しは自重《じちょう》してやれよ。見ろ！」

「へ？」

ガンツさんに促され、アーロンさん家族を見ると……

「………」

アーロンさん、また気絶してるよ。

それを家族のみんなが必死に揺すって起こしている。

ハア～、これは永遠に慣れてもらえないかも……

アーロンさんはすぐに意識を取り戻したので、家の話に戻る。

「アーロンさん、この模型を参考にしてご家族で話し合ってみてください」

そう伝えたら、アーロンさん家族がテーブルに近寄り、じっくり間取りの確認を始める。

子供達はピョンピョン跳ねて喜んでいる。

「すっげ～、俺の部屋がもらえるんだな！」

「僕もだよね？」

「あたしも？」

「そうよ、ケイン様がみんなの部屋を用意してくれるのよ。よく感謝しなさい」

子供達にアーロンさんの奥さんが言うと、長男らしき子が複雑な顔で聞く。

「……なあおふくろ、俺もケイン様って呼ばなきゃだめかな？」

「そりゃそうよ。ケイン様はお父さんだけじゃなく、私達の雇い主様になるんだから」

「そうか……」

「ははは。坊主《ぼうず》よ、気にすんな」

アーロンさん一家の会話に、いきなりガンツさんが割り込む。

「見たところ、お前はまだ十歳にもならんだろう？　なら『様』などいらん、呼び捨てでいいぞ。奥方も『様』じゃなくていい。呼び捨てが無理なら、せめて『君』にしてやってくれ。旦那の方もそれでよろしくな」

なぜか勝手に俺の呼び方を決定した上に、アーロンさん一家に指図《さしず》するガンツさん。

そしたら子供達のうち、一番年上っぽい子がムッとして言う。

「確かに俺はまだ八歳だ。でも親が世話になる人に『様』つけるくらいの分別《ふんべつ》はあるつもりだ」

「ふっ……無理はよくないぞ。坊主」

「ぐっ、坊主じゃない。キールだ、ジジイ！」

キールがそう言うと、なぜかそれに続いてアーロンさん一家が一斉に自己紹介を始める。

「マールです。五歳です」

「ミール！　さんさい！」

「あらっ、私としたことが申し遅れてごめんなさい。アーロンの妻のレティといいます。よろしくお願いします」

今度はガンツさんとガンボさんがアーロンさん達に自己紹介をする。

「ワシはガンツだ。ケインと一緒にいろいろ作っている。キール、ワシをジジイと呼ぶなよ！」

「ワシはガンボだ。よろしくな。ワシはジジイ呼びでも構わんが、ここにはドワーフのおじさんやお爺さんがいっぱいだからな。『ジジイ』と呼ぶといっぱい来てしまうぞ」

「「きゃはは！」」

ドワーフがワラワラやって来る光景を想像したのか、マールとミールが笑っている。

うん、ドワーフとお子さん達の相性も問題なさげでよかった。

「じゃあ、ガンツさん。車を出してもらえる？　家を建てるのによさそうな場所を案内してあげて」

「おう、いいぞケイン。では行こうか」

みんなで寮の外に出ると、アーロンさんがまた放心状態になる。

「ま、周りに何もない……そもそもここはどこなんだ？」

「あそこに見えるのが漁村の『サイカ村』です」

「サイカ村ですって⁉」

動揺してアーロンさんが聞き返してくる。

「ご存じなんですか？」

「ええ、一度だけ行ったことがあります。そんな遠いところまで、一瞬で移動したんですね……」

辺りを見まわして、アーロンさんが首を捻る。

「んっ？　あの橋はなんですか？　前はなかった気がするんですが……」

「ああ、あの橋はこの前、俺が作りました」

「…………」

一瞬絶句《ぜっく》した後、アーロンさんがおそるおそる聞いてくる。

「……この前、と言いますと？」

「ガンツさん、昨日だっけ？」

「いや、三日前だ」

「あ、そっか」

ガンツさんと会話してる横で、アーロンさんがブルブル震えている。

「……そ、それで、建設を開始したのはいつくらいですか？」

「三日前ですよ」

「……つまり、三日前に完成したんですよね？　三日前に建設を始めたわけじゃないですよね？」

「いいえ、俺が三日前にここに来た時『えぃっ』とやって作りました」

「………………」

「も～、あなた！　しっかりして！」

また気絶しかけるアーロンさんを、ついにレティさんが叱《しか》る。

その後、アーロンさん一家にはガンツさんのドワーフ専用自動車に乗ってもらうことになった。

「じゃあガンツさん、運転は任せたね。家を建てるのによさそうな場所を案内してあげて」

「おう、すぐ戻る」

そう言うガンツさんを見送る。


アーロンさん達が帰ってくるのを待つ間、一人残された俺は暇なので、ドワーフタウンの工房の開発室で何か作ることにした。

そういえば、ドローンができたけど、もう少し機能を追加したいな。

そうだ、レーザースキャンの機能とかつけれないかな。

レーザースキャンで座標を調べれば、３Ｄモデリングの地図が作れそう。

レーザーを出す魔道具は、自動製氷機に使ったのがあるから、調整すれば使えるかな。

また自己流魔法陣に描き替えて……ここをこうして……

「よし、できたかな。じゃあ確認だね」

中庭に出て、ドローンを飛ばす。

前に飛ばした時、高度を五百メートルにしていたな。

今度は、試しに千メートルにしてと。これでいいかな。

「んじゃ、飛んで！」

ドローンが上空千メートルからレーザースキャンを始める。

でも３Ｄの座標を正確に出すには、もっとドローンの台数増やした方がいいかな。

というわけで、いったんドローンを呼び戻す。

それから追加でドローンを「えぃっ」と三台作り、全四台リンクさせて、お互いにデータを補完し合うように調整した。

「よし、改めて確認だ。いけぇ！」

ドローンを飛ばし、一キロメートル四方をスキャンするように指示を出す。

終わったら手元の操作パネルに通知が来るように設定しておいたから、スキャンが終わるまでまた暇だな〜。

そこで「ん？　待てよ」と思いつく。

３Ｄマップを作るなら、３Ｄプリンターで造形できればいいかも。

バックモニターに使った、映像を映写する魔法陣を改良することにした。

仕組みとしてはレーザー光の代わりに、細かく土を噴射できるようにして、土を少しずつ重ね、立体的な造形を可能にするって感じだ。

ここにこれで……ここをこうして……あとはここがこうなれば……

「よし！　なんかよく分かんないけど完成！」

その時、扉をノックしてガンツさんが現れた。

「ケイン戻ったぞ」

「あ、ガンツさん。アーロンさん達どうだった？」

「住宅街の建設予定地に連れていって、敷地を決めてきたぞ」

「お〜、よくあの遠慮しいなアーロンさんが納得したね」

「最初はな、『私なんかが……』とかごねていたが、奥方達に説得されてなんとか決まった感じな」

「あはは、あの家族の中ではアーロンさんは苦労してそうだね」

「だな、ガキ達の方がよっぽど遠慮がないぞ」

「じゃ、アーロンさん達のところに行こうか」

「だな。食堂に待たせてある」

独身寮の食堂に入るとぐったりしているアーロンさんと、反対にはしゃいでいるお子さん達がいた。

「アーロンさん、お疲れ様でした」

「あ、はい……」

「いい土地は見つかりました？　もしよければ、このまま予定地に家を建てたいのですが」

「待……」

と、アーロンさんが言いかけたらレティさんが遮《さえぎ》る。

「必要なものは全部持ってきていますので問題ありません。今日からここにお世話になります」

「……なります」

アーロンさんも諦めたっぽいし、建てていいのかな？

「では、家の造りはどうします？　模型と変えたいところがあれば言ってください」

すると最初にミールが口を開く。

「あのね、あたしまだひとりでねるのはこわいの」

「なら、ミールの寝室はお母さん達と一緒だね」

となると、アーロンさん達の寝室を少し広めにしてっと。

でもミールの個室は、成長した時のことを考えてそのままにしておこう。

模型を修正しながら話を続ける。

「子供達との部屋の間に、収納スペースとか作ってもいいですか？」

「ああ、なるほど。収納ですね」

ならウォークインクローゼットで、サイズはこのくらいかな～と、また「えぃっ」と模型を変えていく。

「あとアーロンさんは書斎《しょさい》が欲しくないですか？　事務仕事もあるでしょうから」

「キールは何も欲しくないの？」

「これだけ広ければ十分だ」

俺とアーロンさん一家でいろいろ話しながら、変更後の模型がほぼ完成した。

「……あ、あともう一ついいでしょうか」

最後に遠慮がちにアーロンさんが言ってくる。

「『ベランダ』というのを作りたいんですが……」

「こんな感じで？」

家の模型に、ベランダを設置する。

更に二階の部屋から出入り可能なよう、掃《は》き出し窓という、床から天井までの高さがある引き戸式のでかい窓を作った。

それを見てレティさんがはしゃぎだす。

「そう！　これ！　これがいいの！　ありがとう、ケイン君」

「じゃあこれで決まりでいいですか？」

というか、よく考えたら別に今完璧に決めなくてもいいんだよな。

もしイメージと違っても、あとから増築も改築もできるし。

それをアーロンさんに伝えようとしたら、先にアーロンさんが決意してくれたみたいだ。

「よ、よし、決めよう。いや決めた。これでお願いするケイン君」

「はい、ではいきましょうか。もう日暮れも近いですし」


建設予定地に「えぃっ」と模型通りの一軒家を作り上げた。

「よし！　っと、さあ確認してください。鍵はこれです」

アーロンさんに鍵を渡し、内見してもらう。

「…………」

またしてもアーロンさんが気絶状態になっている。

「あなた！」

「親父！」

「父さん！」

「はいろうよ！」

また家族のみんなに言われ、ハッと意識を取り戻すアーロンさん。

「……あ、ああ、スマン」

鍵を差し込んで回すと、ドアを開けた。

「「わあ！」」

アーロンさん一家が歓声を上げる。

「あ、アーロンさん。忘れないうちにこれを」

「ケイン君、これは？」

「携帯電話です。これが俺の番号、これが父さんの番号です」

そう言いながらアーロンさんに、携帯電話と電話番号を書いた紙を渡す。

「け、『携帯電話』とはなんですか？」

「あ、そうか。これは離れた相手と会話する魔道具です」

アーロンさんに理解してもらうため、実際電話をかけることにした。

「いいですか、今からそちらにかけますね。ポチッとな」

『プルル……プルル……』とアーロンさんの携帯電話が鳴る。

アーロンさんは慌てて落としそうになっていた。

「この着信音が鳴ったら『受話』ボタンを押して耳に当ててください」

「こ、こうですか？」

「そうです。『もしもし、聞こえますか？』」

「お、ケイン君の声が携帯電話から」

アーロンさんが、目の前にいる俺に直接話しかけてくる。

「あ、会話は携帯電話を通してください」

「あ、ああ。分かりました」

『聞こえますか？』

『はい、聞こえます』

『と、まあこんな感じです』

説明が終わり、通話を切った。

でも目の前なので、あまり機能が実感できないだろうな、うーん。

悩んだ末に、あることを思いつく。

「あ、そうだ父さんにかけてみましょう」

「ケイン君のお父さん……つまり、トミーさんに!?　な、何を話せば？」

「『今日からここで寝泊まりします。お世話になりました』でいいんじゃないですか」

「あ、ああそれもそうですね。えーと」

アーロンさんは「ぽちぽち……」と父さんの番号を見ながらボタンを押す。

「番号を押し終わったら、『送話』ボタンを押してくださいね」

「これですね」

「『送話』ボタンを押したら、耳に当てて相手が出るのを待ってください」

「ふむふむ、お？　『プルル』って聞こえますね」

「それが相手を呼び出している音です」

「ふう、まだ鳴っているな。お、『カチャッ』と聞こえた」

『はいもしもしトミーですが』

『あ、出た。あ、あのアーロンです』

『あ〜アーロンさん、ケインに携帯電話をもらったんですね。それは驚いたでしょう』

『は、はい……気絶するほど……』

『あはは、分かりますよ、私もそうでしたから』

『で、用件なのですが……』

『今日はそのまま、そちらにお泊まりですか？』

『そ、そうなんです。よく分かりましたね』

『またケインが「えぃっ」で家でも建てたんでしょう？』

『は、はい、その通りです。家も用意してもらったので今日からこちらでお世話になります。本当にありがとうございました』

『ははは、そんなに恐縮しないください。むしろアーロンさんには今日一日で、結構な迷惑をかけたと思っているんですから』

『迷惑なんてそんな、確かに今日一日いろんなことが起こりすぎて、何回も気絶しましたが、ここに来られて幸せですよ』

『それはよかった。たぶん今日以上のことがこれからも起こるかと思いますが、できれば付き合ってやってください』

『そんな、こちらこそ本当にありがとうございました。ケイン君には確かに驚かされますが、本当に感謝しかないです』

『ありがとうございます。そう言ってもらえると、親として嬉しいです。また何か迷惑をかけたら遠慮なく言ってください。奥さんや子供達にもよろしく』

『はい、ありがとうございました。失礼します』

アーロンさんは父さんとの通話を終えて携帯電話を切る。

そして俺の方を向くと「ありがとう」と言って握手をしてきた。

「ええと、何がありました？」

「仕事だけでなく家族で住める家まで用意してもらい、本当にありがとうございます。何かお礼をしたいのですが――」

「いえいえ、俺のワガママで来てもらったので、お礼なんかいりませんよ」

「それでも俺には感謝しかないです。本当にありがとうございます」

6　男子の夢でした

そんなこんなで独身寮の料理人が決まってしばらく経った頃。

新都市の開発が難航《なんこう》しているみたいで、デューク様からお屋敷に呼び出された。模型通りの高層ビルが作れる職人が見つからないらしい。

そりゃそうだよね～。俺が好き勝手に都市計画して、好き勝手に建物を配置した都市なんだから、簡単に作れないに決まってる。

「なあ、どうせ一瞬で済むんだし、ケインの『えぃっ』でなんとかしてくれ」

デューク様からはそう頼まれてしまった。

でもデューク様、また報酬なしで俺をこき使いたい雰囲気がダダ漏れじゃない？

それはやだな～と思い、ガンボさんに相談してみることにした。

ドワーフタウンでは既に重機のクレーンが開発済みだし、足場を作る技術も教えてある。

なので、ガンボさん達がもともと住んでいたというドワーフ達の集落から人員を呼んでくれば、新都市の開発も進むんじゃないかな。

◇◇◇

ということで、転移ゲートでドワーフタウンの工房に移動し、ガンボさんと少し話をする。

「ねえガンボさん、ガンボさん達が住んでた場所ってここからどれくらい離れているの？」

「ああ、『ドワーフの里』な。旧都市からだと馬車で三日くらいか」

「それは結構な距離だね〜。で、実はさ……」

ガンボさんに高層ビルを作るのための人手が足りないという話を伝えると、ドワーフの里から人を呼ぶのには賛成してくれた。

「とはいっても、結構な人数が必要そうなんだけど、そんなに呼んで里の方は大丈夫なの？」

「どうだろうな。だが基本問題ないはずだ。なんせ里にいても、それほど仕事があるわけでもないからな。ならここに来てもらった方がいいだろう？　ここならしばらく、仕事にあぶれることはないだろうからな」

「それなら全員呼んじゃおう！」

俺の言葉にガンボさんがギョッとする。

「いやいや、全員呼ぶってどうすんだ？　そんなに一度に運べないだろう？」

「あれ、忘れた？　俺の転移ゲート」

「ああ、そうだったな……っていや待て！　転移ゲートはケインが既に行った場所にしか使えんのだろう」

「あ、そうだった。じゃあまず、俺がドワーフの里に移動する方法を考えないとダメだね。せっかくだから新しい発明を作って、それで移動しよっかな～」

「ずいぶん簡単に言うな……」

「じゃ、早速作ってくるね！」

「おい、ケイン……って、行っちまったな……は～胸騒ぎもするが、なぜかワクワクの方が大きいんだよな。さて、どんな移動手段を持ってくるのか、ちょっと怖いが楽しみにしておこう」

新しいモノ作りに興奮してダッシュでその場を去ると、後ろからそんな声が聞こえた気がした。

◇◇◇

ガンボさんと別れた俺は、そのままドワーフタウンの自分の開発室に行き、早速移動手段を考えることにした。

乗り物ばっか作ってるけど、また車を作るのもな～。

となると次は、空飛ぶ乗り物がいいかな。

ドローンに使った重力に反発する魔法陣なら、重さに関係なく浮く力は得られるはず。

推進力には魔導モーターがあるし、他に必要なのは地上と背後を映すモニターくらいかな。それもドワーフ専用車につけたやつがあるから、案外簡単に作れそう。

本体はデカくなるから、この開発室じゃダメか。

というわけで、工房の一階に移動する。

いつものように土魔法で模型を作り、全体の形を決めていく。

魔法陣で垂直に離着陸できるから、車輪も滑走路《かっそうろ》もいらないかな。

乗員は最大十人くらい。操縦席《そうじゅうせき》を二つに、客席を八つで小ぶりのセスナ機みたいな感じにしよう。

そういえば空の上って、魔物《まもの》は出るのかな？

魔物は地上には少なくなったって聞いた気がするけど、前世でのラノベテンプレ的には、ワイバーンとかドラゴンとかがいそう。

念のため、そう念のためだもの、兵器があってもいいよね。作っちゃっていいよね。男の子は乗り物と重機と武器が大好きだからしょうがないよね。

「なら作るしかないよね。たとえばこの辺に……」

独り言を言いつつ、模型の形を変えていく。

機体の下に主砲《しゅほう》、機体の先端と両側面と尾翼《びよく》の下に機関砲《きかんほう》を追加し、手に持ってかざして見る。

「う～ん、我ながらなかなかだね。ギューン、ババババ！」

「……ケイン、終わったか？」

気付いたら、ガンツさんが開発室の入り口からこっちを見ていた。

ガンツさんは俺と一緒に、転移ゲートで旧都市からドワーフタウンに通勤しているんだ。

「え、ガンツさん……いつからいたの？」

「お前が『ギューン』と言っている時からだ。で、そろそろ帰る時間だろ。転移ゲートを頼む」

「……はい」

めちゃくちゃ恥ずかしい。けど気を取り直して、旧都市の工房に転移ゲートを繋いで潜る。

「ケインにも年相応なところがあるんだな～。だが忙しいのは分かるが現実逃避の方法は選んだ方がいいぞ」

「な、何言ってんの。ガンツさん、やだなぁもう、あれは次に作る乗り物を確認していただけだよ。だから、ニヤニヤするのはやめて！　優しい目で見ないで！　お願いだから～」

「まあいい。新しい乗り物なら楽しみにしとるぞ。じゃあな」

「……はい、お疲れ様でした」

顔が真っ赤になるのを感じつつ、自分の家のリビングに転移ゲートを繋いで潜った。

◇◇◇

その翌日、新都市の工房の開発室にやって来た俺は、セスナの兵装について考えついた。

模型には砲身をつけたけど、弾をどうするか考えてなかったな。

開発室でリボルバー式のハンドガンを「えぃっ」と作って台の上に固定する。

それから五メートルくらい離れた位置に、的《まと》、鉄板、土壁を作り、試射をしても被害が出ないようにする。

これくらいしとけば貫通はしないだろう。

まずは普通の弾を試すことにする。

薬莢《やっきょう》の中に火薬を詰める代わりに火の魔法陣を描き込み、ハンドガンの撃鉄《げきてつ》が接触すると魔法が発動するようにしたんだ。

念のために大きな音がしてもいいように防音設備も「えぃっ」と追加してと。

「ではいきますよ～、発射！」

スパン……カキン……

「へっ？」

音が出て、弾も出たが、的に弾《はじ》かれてしまった。

どうも威力が足りなかったようだ。

やっぱり火薬が必要なのかな、でも火薬はできれば作りたくない。いろいろ危なそうだし。

威力を高めるのには何が必要なんだろう。ガス？　酸素？

次は自己流魔法陣で薬莢に高濃度酸素を詰め込み、試してみる。

「ではいきますよ～、発射！」

バン！　バン！

「あっ！　いけたか？」

的を見ると、弾が鉄板にめり込んでいた。

いちおうは成功したようなので、弾を更に作り、補充しておく。

「なら今度はセスナで実験といきたいとこだけど、この部屋じゃ狭いよな」

どこか場所はないかと考えていると「ぐぅ」と腹が鳴る。

「食堂でご飯食べてから、外で適当に探すか」


独身寮の前まで来るとガンツさんが車から降りてきた。

「ケイン、お前もお昼か」

「うん、ここでお昼食べてからハンドガンを試射する場所を探そうと思って」

「『ハンドガン』？　『試射』？　何をするつもりだ？」

ガンツさんにセスナと、それにつける兵装について話す。

「うーん、なんかよく分からんが……でも興味はあるな」

「じゃあ試射によさそうな場所が見つかったら連絡するね」

「よし、じゃあ準備ができたら連絡しろ！　新しい発明を独りじめするのはズルいと思うぞ」

「そうだ、ズルいぞ。ケインにガンツよ。何を二人でコソコソとしておるんだ。ワシも仲間だろ？」

小声で話していた俺とガンツさんの背後に、いつの間にかガンボさんがいてニヤリと笑う。

「なんだガンボ。自分の仕事をしろ！」

「ガンツよ、そうは言うが少しはワシの働きに感謝してもいいだろ？　ってことでワシもその『試射』に参加する。なんなら準備から手伝ってやろう」

「は〜分かりました。ならガンボさん、お手伝いをお願いね」

「うむ、任された」


昼食を終えると、ガンツさんの運転する車で試射用の場所を探しに行く。

ガンボさんはまだ車のライセンスがないし、俺は年齢的にライセンスが取れないので、ガンツさんに送ってもらうしかないんだ。

ガンツさんはこれから旧都市で教習官の仕事があるので、俺に「絶対に試射をする前に連絡するように」としつこいくらいに言ってから、やっと車を出して去っていった。

「ケイン、ガンツはいつもあの調子なのか？」

「新しい発明に関しては、夢中になりやすいかな」

「で、試射場はどうする？」

「そうだね、危険がないように海側に向けて撃《う》てるよう作ろうかな」

「そうなるとここでは教習所が近いから、ある程度の距離を取る必要があるな。多少歩くか」

「だね」

ガンボさんとしばらく歩き、教習所から五キロメートルほど離れた位置で止まる。

「このくらい離れれば大丈夫かな。ってことで、えぃっ！」

一瞬で長方形の工場っぽい形をした防音壁でできた試射場が完成する。

試射場の中に入り、工作用の台、銃《じゅう》を固定する台、的、その後ろに鉄板、土壁を用意する。

「準備としてはこんなもんかな」

「相変わらず一瞬だな」

「今更でしょ。で、次は砲身っと」

今度は「えぃっ」とセスナの兵装に使う砲身を作り、次に合わせた銃弾を作っていると「それはなんだ」とガンボさんが聞いてくるので、ハンドガンを取り出し説明する。

「これを大型化したものだよ」

「いや、そもそもこれはなんだ？　どうやって使うんだ？」

「これはね、対人兵器なんだけど、こうやって使うんだ」

奥の的を狙ってハンドガンを撃つと、「バン！」という轟音《ごうおん》と共に弾が的に当たる。

ガンボさんがハンドガンのうるささに顔をしかめた。

「……あ～、耳の奥がジンジンするわ。こんな大きい音がするなら、最初に言ってくれ。死ぬかと思ったぞ。で、ワシも撃ってみていいか？」

「いいよ。肩が抜けないように半身《はんみ》で構えて、軽く左手を添えてから撃ってね」

「こうだな、よし撃つぞ」

「バン！」という轟音と共に弾が発射され、後ろにのけぞるガンボさん。

「は～凄い衝撃《しょうげき》だな。右手はある。左手もある……で、弾はどうなった？」

「どこに当たったか俺も分からないよ。てかガンボさん、どこを狙ったの？」

「どこって、的を狙ったつもりだが……」

「あんな大きい的なのにかすりもしないって……才能がないのかもね。ほら～、もう気が済んだのなら、作業を続けるよ」

「ワシ、才能がないのか……」

ズーンと落ち込んでる様子のガンボさん。

「もう、いじけて手伝わないなら帰りなよ～」

「フン！　傷ついたんだからいじけるくらいいいだろ。まったく、扱いが雑すぎるぞ……」

ブツブツ言ってるガンボさんの愚痴《ぐち》を聞き流しながら、弾を用意する。

それから念のため暴発《ぼうはつ》に備《そな》え、砲身を固定する試射台の周りに土壁を追加した。

「あ、そういえばガンツさんを呼ばなきゃ」

「え～いいだろ。あんな奴」

文句を言うガンボさんに「とにかく俺が連絡してる間は何も触らないようにね！」と注意してガンツさんに電話をかける。

『あ、もしもしガンツさん。そろそろ始めるよ。じゃ早く来てね』

携帯電話を切り、砲身の方を見るとガンボさんが興味津々って感じで触りまくっていた。

「ガンボさん、触らないように言ったよね⁉」

「ケ、ケイン。ちょっとくらいいいだろ？　なんせ初めて見るものなんだから」

「それは分かるけど、ハンドガンを撃ったんだからそれより危険ってことは分かるでしょ？

ハァ～もう、ガンツさんが来たらつれて帰ってもらおうかな」

「ケインよ、そんなにいじめなくてもいいだろ～」

そんなことをガンボさんと言い合ってると、試射場の扉が乱暴に開けられる。

そこから息を切らしたガンツさんが入ってきた。

「はぁはぁ……ケイン、まだやってないよな？」

「これからだよ。あ、そうだ。二人ともこれを念のためにこれを着けてね」

ガンツさん、ガンボさんに目を保護するゴーグルと耳栓《みみせん》を渡し、使い方を説明する。

「こんなもの、必要か？」

「必要か分かんないから、念のために着けといてよ。嫌なら試射は俺だけでやろうかな～」

「わ、分かったから、追い出そうとするなよ……」

ガンツさん、ガンボさんはぶつくさ文句を言いながらゴーグルと耳栓を着けた。

「着けたね。なら、いくよ！　……ポチッとな」

「ドン！」と音が鳴った直後、弾が発射されて的と鉄板がひしゃげる。土壁までは貫通しなかったみたいだ。

「……！　……！」

ん？　ガンツさんが何か言ってるけど、聞き取れない。

あ、耳栓してるからか。

耳栓を外したら、ガンツさんが詰め寄ってくる。

「ケイン、こんな危険なもんを作ってどこと戦争するつもりだ！」

「え？　空にいる魔物に備えるだけだよ……」

「こんなものが必要な魔物なんていないぞ。なあガンボよ」

「そうだな、一昔前ならいたかもしれんが、今はほとんど聞かないな」

「ん～、ほとんどってことは、いるかもしれないってことだよね！　じゃ、このままでいいか。では次いってみよう！」

もう一度試射しようと思い、新しい的と鉄板を用意してから試射台の近くに戻ってくる。

「ちょい待て。話を聞かんか。なんのためにその武装が必要なんだ？　なあケインよ、やっぱり考え直さないか？」

「う～ん、なら、こうしよう。今回飛んでみて何も起こらなければ兵装は外すよ。何かあったら、そのままってことで」

「まあその辺が無難《ぶなん》か。分かった、それでいい」

ガンツさんと話し終わると、ガンボさんに話しかけられる。

「ケインよ、ワシにもう一度撃たせてもらえんか。『才能なし』と言われたままは嫌なんだが」

するとガンツさんが割り込んできてガンボさんの手の中を覗き込む。

「ちょっと待て、ガンボよ、その手に持っているのはなんだ？」

「これは『ハンドガン』だ」

「ほぉ～。で、ガンボは先に撃ったんだろ？　なら、今度はワシの番だな。さあ寄こせ」

「え？　ガンツよ、お前は武器に反対してただろ？」

「それならお前も同じだ！　つべこべ言わずに寄こさんか！」

殴り合いを始めそうになる二人を慌てて引き離す。

「ガンボさん、さっき危険だって説明したよね!?」

「そりゃそうだが、ガンツの奴が横から手を出してくるから……」

「ガンツさんも！　さっき試射の時、危険だとか言ってたじゃん！　ならハンドガンも変わりないって分かるでしょ？　も～なんなの、いい年こいたお年寄りが二人して！」

「そもそも、こんなものを作るケインが悪いんだ！」

「そうだぞ！　魔物なんていないないと言ってるのに、自分の趣味と思いつきで好き勝手に危険なものを作ってるだけだろ！」

「うっ……」

痛いところを突かれてしまった。

でもしょうがないじゃん。乗り物と武器とモノ作りが大好きな男の子だから許してほしい。

黙った俺を睨んでくるガンツさんとガンボさん。

「わ、分かったよ……じゃあガンツさんは初めてだから、まずはガンボさんのすることを見て覚えて。撃つのはそれから。いいね？」

「じゃ、早速撃たせてもらうか」

機嫌よさそうにガンボさんが的の前へ移動する。

「的は向こうだな。さてと、確か半身で……」

ガンボさんがさっき手ほどきした通りの姿勢になり、ハンドガンを手に構える。

「よし、撃つぞ！」

ガンボさんの声に合わせ、耳栓の上から手で押さえた。

「バン！」と音が鳴ってから的を見ると、かすっただけようだ。

「ははは、やっぱり『才能なし』みたいだな。どら、貸してみろ」

途端に嬉しそうになるガンツさんに、ガンボさんがムッとする。

「まだだ、まだ弾は残っている！　全部撃つまではワシの番だ！」

「いいから寄こせ！」

「ガンツさん～？　また喧嘩《けんか》する気⁉」

俺がたしなめると、ガンツさんは肩をすくめる。

「……ガンボ、まだ弾は残っているぞ、さあ残りを撃ってしまえ」

ん？　だけどその前に、気になることがある。

それなりにお年寄りの二人だけど、視力って大丈夫なのかな。

もしかして、弾が当たらないのはそのせい？

「ちょっと待って。ガンボさんって、的はちゃんと見えていますか？」

「ちゃんとじゃないが、見えていると思うぞ」

「何さ、『思う』って。もしかして視力が悪いんじゃない？」

「えいっ」と視力検査表を作り、三メートルほど離してガンボさんに見てもらう。

そしたら明らかに近眼《きんがん》だったので、また「えいっ」でガンボさんに合わせた眼鏡《めがね》を作る。

「これでいいはず。どうかな？」

ガンボさんに眼鏡を渡し、かけてもらう。

「おお、見える！　見えるぞ！」

眼鏡をかけて、はしゃぐガンボさん。

「的の中心がちゃんと見える。これなら的を外すことはないだろ。ありがとうなケイン」

「まあまあ、まずは試してみてよ」

「よし、撃ってみるか」

俺が促すと、ガンボさんがまたハンドガンを構える。

撃つと的のほぼ中心に当たった。

「当たった！　ほら、当たったぞ！」

ガンボさんは大喜びで、得意げにガンツさんに言う。

「ガンツよ、見ろ！　ワシは『才能なし』じゃないぞ！」

「フン！　一発だろ！　まぐれかもしれんぞ。残りもさっさと撃ってしまえ！」

イライラし始めるガンツさんを横目に、またガンボさんが構える。

「ふふ～ん、当たると気持ちいいなあ」

ガンボさんは続けて二発三発と撃ち、弾は的を外すことなく当たっていた。

「さあガンツ、お前の番だ。ほれ」

そう言って、自慢げにガンツさんにハンドガンを差し出すガンボさん。

「ちょっと待って、弾を込めるから」

ガンボさんからハンドガンを返してもらい、弾を弾倉《だんそう》に込めてからガンツさんに渡す。

ガンツさんのことだから喜んですぐにハンドガンを撃つかと思ったら、ガンボさんに聞こえないように俺に小さい声で話しかけてくる。

「なあケインよ。ワシも目が悪いってことはないかな？」

「なんだガンツは撃つ前から、心配しているのか」

そしたら横からガンボさんが会話に割り込んでくる。

「ふふふ、分かったぞ。的に当たらなくてワシに負けるのがイヤなんだな。ははは、小さいなぁ、ガンツよ」

ガンボさんの挑発に、ガンツさんがぐぬぬと拳《こぶし》を握りしめる。

「おうさ、嫌だよ。ガンボに一つでも負けるのは我慢ならんのだ！」

そう言ったガンツさんが俺に詰め寄る。

「ケインよ！　ワシも検査してくれ」

「わ、分かったよ。まだ検査表もそのままにしてあるから」

ガンツさんの視力検査を済ませると、ガンボさんとは違った結果になった。

「ガンツさんも視力は低下しているみたいだけど、ガンボさんとは違うね。ちなみにガンツさん、これは読める？」

紙に単語をいくつか書いて、ガンツさんから離した位置で見せる。

「読めるぞ」と返事があったので、今度は顔から十センチメートルくらいのところで読んでもらう。

そしたら途端に「見えん」と言われた。

その結果を踏まえてガンツさんに告げる。

「ガンツさんは……老眼《ろうがん》だね」

「なんだケイン、その『老眼』っていうのは？」

ガンツさんに聞かれ、俺は近眼と老眼の違いを説明した。

「ぷっ」

ガンボさんに笑われて、ガンツさんが怒りだした。

「なんでだ。ワシはまだ見えるぞ。検査のやり直しを要求する！」

「でも、心当たりはあるんじゃない？　手元の書類が見えづらいとか」

「そういえば、最近は書類仕事がおっくうに感じることが多くなったなぁ」

「なんだ、実感してるじゃない」

お年寄りの証明だから、最初は認めたくないものだよね。

とりあえずさっきと同じように老眼鏡《ろうがんきょう》を作り、ガンツさんに合わせてもらう。

「で、どうかな？　さっきのメモだけど読める？」

手に持って近付けたメモに目を通すガンボさんがニヤリと笑い、「読める」と一言。

なぜかドヤ顔のガンツさんを見て、ガンボさんが笑いだす。

「ぷっ、ガンツが老眼……ガハハ、こりゃたまらん」

「ガンボさん、もともと近視の人は老眼になっても気付きにくいだけだからね。ガンボさんも検査すれば間違いなく老眼だと思うよ。お年寄り同士いがみ合うのはやめてね」

「ケイン、ずいぶん老眼に詳しいな……」

ガンボさんとそんなことを話していたら「バン！」と音がした。

気付くといきなりガンツさんがハンドガンを撃ち始めていた。

「……ガンツさん、うるさいからいきなり撃たないでよ！」

「おお悪い。言うのを忘れてたわ」

「まさか老眼って言われた仕返し？」

俺の一言にガンツさんがギクリとする。

「な、なんのことかな～」

「まったく、これだからお爺さんは……」

「「お爺さん言うの禁止！」」

なぜか同時に言うガンツさんとガンボさん。

「二人ってなんだかんだ仲がいいよね」

「「はぁ!?」」

またしても二人同時に言う。

「「気のせいじゃ……」」

「「こいつが……」」

「「真似すんな……」」

そんな感じで、しばらく二人は何か言うたびに発言が全部かぶっていた。

「はいはい、もういいから、さっさと残りを撃って。はい」

えっと、あれ？　俺って結局何しに来たんだっけ？　お年寄りの喧嘩に巻き込まれて分かんなくなってきた。

7　レースしました

とりあえずガンツさんが残りを弾を撃ちつくしたので、工房へ戻ろうとして思い出す。

そういえば、ドワーフタウンの中にレース場を作ろうというアイディアがあったっけ。

せっかくなので、ガンツさんの車にガンボさんと一緒に乗せてもらい、見繕《みつくろ》ってくれていた予定地に到着する。

「ここなんかいいと思うが、広さ的にはどうだ？」

ガンツさんに案内してもらったけど、広さはこれでいいだろう。

「じゃ、作ってみようか」

おぼろげに覚えている日本のサーキット場を参考に、ホームストレートやヘアピンカーブなどがあるコースを「えぃっ」と作り、サーキットを完成させる。

「こんなもんかな。どうガンツさん？」

振り返りガンツさんに確認しようとすると、ガンツさんがいない。

ガンボさんを見ると、レース場のスタート位置を指さしている。

そっちを見てみると、いつの間にかガンツさんが車でレース場のスタートラインの手前に待機していた。

移動するの速すぎない？　ワープしたのかな？

レース場のスタートシグナルがまだ赤の状態なので停車しているらしい。

ガンツさんがなぜ信号のルールを知ってるかは謎だが、早く青にしろ！　と目で合図してきた。

仕方なくスタートシグナルのスイッチを押すと、『プップップッ、ピィ！』と音が鳴ると同時にシグナルが青になりスタートを告げる。

ガンツさん、最初は様子見で走るのかと思えば、結構なスピードだ。

ガンツさんが走り抜けていくのをボ～ッと眺めていたけど、考えてみると、あの車は魔導モーターで動いてるから、燃料の供給は必要ない。

ということは、ほぼ永久に走れるんだよな。

「やばい、止めなきゃ」

慌ててサーキットで使われる、白黒の格子模様《こうしもよう》のチェッカーフラッグを「えぃっ」と作る。

それからゴール位置に行き、ガンツさんの車が走り抜けるのと同時にチェッカーフラッグを振る。

「こっち見てくれたよね」

そう願いながら待っていると、更にコースを一周してきたガンツさんの車が、スピードを落として寄ってきた。

「もう最高だ！　ケインよ、一緒に走ろう！　こんな気分は初めてだ！」

はぁ～。セバス様のスピード狂もやばいけど、ガンツさんもずーっと車、車、車だよな。

そもそもガンツさんは今、教習所の所長も兼務してて、工房にいたりいなかったりするし。

だから俺が「えぃっ」でなんでもかんでも作るはめになるんだよね。前はガンツさんがかなり手伝ってくれてたのに。

とまあ、それは置いといて。

「ガンツさん、落ち着いて。これからガンツさんの車で帰るんだから、同じ感覚で運転するのはやめてよね」

「そうか、問題ないと思うがな」

「いやいや怖いよ」

「そうか？」

目がバキバキの状態で言ってくるガンツさん。

「レース場と同じ感覚で運転したら危ないって。だから、目と心を落ち着かせて」

「まあそう言うなら、そうなんだろうな。分かった。深呼吸でいいんだな」

こうしてなんとかガンツさんに冷静になってもらい、車でドワーフタウンの工房に戻る。


工房に到着した後、ガンツさんはずっと携帯電話で誰かに話していた。

何かと思っていたら、相手はセバス様で、内容は自慢だった。

レース場を作っただの、ついでに走っただの、最高に気分がいいだのと、スピード狂のセバス様を煽《あお》るような発言ばかりしている。

電話の向こうで『旦那様、お暇をいただいてもよろしいでしょうか？』ってのが聞こえたけど、本気じゃないよね。

ガンツさん、よけいなことをしてくれるよ。

その後、新しいもの好きなデューク様から電話があり、明日はセバス様やダンさん達もレース場に案内して、ついでにコースを走らせてほしいと言われた。

も〜、ガンツさんのせいじゃん。

◇◇◇

そして翌日。とにかく今日はガンツさんのせいで、いろいろと動きまわらなきゃいけない。

朝食を済ませた後、俺の家からガンツさんの工房へ転移ゲートを繋ぎ、ガンツさんを軽く睨みながら挨拶をする。

「ケイン～、朝からそんなに睨むなよ。昨日のことは悪かったって。ほらこの通り反省しているから」

「は～はいはい」

次はデューク様のお屋敷の庭に転移ゲートを繋ぐ。

案内されて屋敷の中に入ると、デューク様だけでなく他の屋敷の面々がいた。

「ケイン、すまな……」

「あ～ケイン君！」

「ケインおにいさまだ～」

「ちょ、マリー！　私が話している途中なのに」

「俺はお前達の目には映ら……」

「ケイン様、私のためにわざわざ申し訳ありません」

「俺はお前達の目には映らないのか!?」

デューク様が話しだすとエリー様が遮ったのを今度はマリー様が遮り、またデューク様が喋《しゃべ》りだしたのを今度はセバス様が遮っていた。

相変わらず騒がしいお屋敷だな～。

「エリー様、マリー様、おはようございます。今日はセバス様と約束があって、急いでますのでこれで」

「え～聞いてない～」

「どうしてもなの？」

上目遣《うわめづか》いで聞いてくるエリー様とマリー様。

この二人は母親のアリー様の影響で恋愛脳なせいか、なぜかいつも俺にアプローチしてくる。けど、今日は時間がないので困っちゃうな、と思ってたら……

「エリー様、マリー様。ケイン様は私のために来ていただいたのです。申し訳ありませんが、今日はご勘弁《かんべん》ください」

「エリー、マリー。ワガママもそこまでだ。あまり、ケインを困らせるな」

「「は～い」」

セバス様とデューク様に注意されてエリー様とマリー様が諦めてくれたので、今度は新都市のレース場に大きめの転移ゲートを繋ぎ、車に乗ったデューク様達に潜ってもらう。

こんな感じでバタバタと移動し、俺、ガンツさん、デューク様、セバス様、ダンさんが新都市のレース場に集まった。

スピード狂なセバス様がガンツさん以上に暴走しないか心配だったけど、なんとか大丈夫だった。

いや、大丈夫じゃないか。顔のニヤニヤが止められてないのが怖い。

けど、今は無視。

レース場の前で車を降り、みんなにコースを説明する。

セバス様が嬉しそうに言う。

「なるほど、車でコースを周回して、その順位を競うのですな。この図で見るとアクセルを思いっきり踏める場所は少ないですね。だがそれもまた面白さというもの。では早速……」

「待てセバス、まだ走れんぞ。最初はダン達と一緒の車に乗ってコースの下見をするんだ」

デューク様に止められ、セバス様が騒ぎだす。

「なぜです！　ここまで来て殺生《せっしょう》です。お願いです。走ることを許可してください。お願いします」

「セバス様、初見《しょけん》で思いっきり走るのは危ないので、まずはダンさんの運転する車でゆっくりと回ってもらえます？」

俺からもそうお願いすると、セバス様はハァ～と嘆息する。

「……分かりました。ケイン様がそこまで言うのであれば、多少遅くても我慢して乗りましょう。ええ、たとえ亀《かめ》のようにノロマでも我慢しますとも」

その発言にダンさんがカチンと来た様子だ。

「いえ、セバス様。お年寄りを乗せるのですから、亀のようにゆっくりと安全に走るのは当たり前でしょう。その後でレースで誰が一番なのかを証明すればいいだけです」

「ほう、面白いことをおっしゃいますな。よろしい、受けてたちましょう！」

なぜかヒートアップし始めるダンさんとセバス様。

この世界、車が関わると人が変わるやばい人しかいないな。発明したのは俺だけど、もう、この世界から車をなくした方がいい気がしてきた。

「デューク様、笑って見てないでなんとかしてくださいよ。実際にレースをやるとか聞いてないんですが」

「いいじゃないかケイン。普段大人しいあのセバスが、あそこまで燃えているんだ」

「また無責任なことを……」

そんなやり取りをした後、ダンさんの車でコースの下見が終わった。

今度は実際に自分の車でコースを走ってもらうことにする。

まずはデューク様、次にダンさんの走行練習が終わり、最後にセバス様の番になったので、車の窓を軽くノックし、順番が来たことを教える。

セバス様が車の中で、レースのイメージトレーニングをしてたようだ。

「ブゥォ～ン」と一人で唸《うな》り声を上げているのが聞こえる。

笑っちゃいけない、笑っちゃいけないんだと言い聞かせつつ、「セバス様！」と呼びかける。

ようやく俺に気付いたセバス様は、軽く礼をして、コースへと進入した。

どうやらイメージトレーニングはうまくいったようで、すっきりとした顔をしている。

スタートシグナルが青に変わると同時に、スムーズに走りだすセバス様の車。

見ていたダンさん達も思わず「おお！」と短く感嘆していた。

ラップタイムを計測していたら、順位はセバス様、ダンさん、ガンツさん、デューク様となった。

「ふふ〜ん」と嬉しそうなセバス様に、悔《くや》しい顔をするダンさん。

そこに「待った」を掛ける声が。

声がした方を見ると、ガンツさんが不敵《ふてき》に笑っていた。

「スピードキングを名乗るなら、ワシを倒してからだぜ！」

ガンツさんはニヤリとしながら、手に持った車の鍵を回して格好つけていた。

「じゃ、いってくるわ」

ガンツさんは車をスタート位置につけ、シグナルが変わるのを待つ。

青に変わると同時にロケットスタートで飛び出すガンツさんに驚く他の人達。

セバス様だけは、なぜか涼《すず》しい顔だ。

ガンツさんの車からスキール音——タイヤと地面が擦《こす》れる音がコースに響《ひび》き渡り、タイムが出る。

セバス様とは一秒以内の差しかない。

「ほう、差はつかなかったか」

「そのようですね」

「なら直接対決しかないな」

「そのようですね、望むところです」

ガンツさんとセバス様がバチバチやっていると、ダンさんが割って入る。

「待ってください、俺とも対決するはずでしょ？」

「よし、なら三人でやるか」

というわけでガンツさん、セバス様、ダンさんでレースすることに決まる。

いちおうラップタイムの順に、ポールポジション――コース内側で有利になるようなスタート位置を決め、車を移動させる。

「何周するのガンツさん？」

そう尋ねるとガンツさんがセバス様に聞く。

「決着がつくまでと言いたいが、十周でどうだ？　セバス様よ」

「私は一周でも構いませんが」

「それでは短すぎてつまらんだろ。見ている人の気持ちにもなれよ、爺さん」

「ぐっ私以上にジジイな人に言われるとムカつく言葉ですね。いいでしょう、十周でお願いします。

ケイン様」

「ダンさんもそれでいいですか？」

「俺もそれで構いません。何周だろうとジジイ達の前を走っているのは俺だ！」

ダンさんまで人格と口調が変わっている。

やっぱりこの世界では、車に関わると人格が崩壊《ほうかい》するらしい。

「フン、前と言っても周回遅れだろう」

「ふふ、気に食わないジジイですが、その意見には同意です」

負けじとダンさんに言い返すガンツさんとセバス様。

わ〜若者とお年寄りで対決する図になっちゃったよ。

デューク様はどうせ面白がっているんだろうな。

そう思ってデューク様を見ると、案の定ニヤニヤしていた。


しばらくしてガンツさん、セバス様、ダンさんがそれぞれの車に乗って、スタートラインについた。

デューク様がスタートシグナルのスイッチを押すと、コース上の信号が青に点灯し、全車が一斉に走りだす。

セバス様とガンツさんの車が同時にスタートダッシュを決め、ダンさんは少し遅れている。

ガンツさんがコースの最初のカーブである第一コーナーに先に入り、魔導モーター独特の甲高《かんだか》い金属音と、スキール音が鳴り響く。

セバス様はその後ろに張りついている。

進行方向に対して車が斜《なな》めになった状態でコーナーを抜けていくが、あれはドリフト走行だよな？　いつの間に覚えたの？

ダンさんはコースに対してベッタベタのイン寄りでコーナーを抜ける。

ガンツさんとセバス様が前後に並んでバックストレート——ゴールラインの反対側に位置する直線のコースへと入る。

この時、セバス様がまだ一周目というのに、勝負に出た。

ここが抜きどころと思ったのか、ガンツさんの横に並ぶ。

ところがその瞬間軽く接触し、仲良くコースアウトしてしまい、その間にダンさんが追い越していく。

二人とも抜かれたことに気付きなんとかコースに復帰しようとするが、車が壊れていてできない。

そんなわけで全員の完走を待たず、ダンさんの一人勝ちとなってしまった。

グダグダとなってしまったがレースが終わり、参加者全員でデューク様の前に集まり、発表するまでもないけど結果発表をする。

「とりあえず第一回王者はダン、お前だ」

「なんか投げやりですね。でも王者は王者です。ありがとうございます」

デューク様、第一回ってなんなの。またやる気なのかな……

故障したガンツさんとセバス様の車については、レッカー車もないので俺のインベントリに収納し、工房で修理することにした。

8　飛びました

そうこうしてお昼前にレースが終わったので、転移ゲートでレース場にいた人達をまたあっちこっちに送り返し、俺はドワーフタウンの工房へ移動する。

そこでようやく思い出したんだけど、俺がやってたのはセスナ機作りだった。ハンドガンとかレース場とか脱線しまくりだったな。

一階の作業場でセスナ機作りをやろうと思ってたんだけど、ドワーフ達が一生懸命に働いていてちょっとやりづらい。

みなさん忙しいのに、俺だけ好きなことして遊んでるからな。

ってことで、試射場に転移ゲートを繋いで潜り、そこで作業を始めた。

そしてとりあえず加工しやすいステンレス鋼《こう》を使い、セスナ機の機体を作っていく。

機体の枠組みを作った後は、上から板材を貼り、いろんな部分を操作するためにワイヤーを張りめぐらせる。

操縦桿《そうじゅうかん》や各種ペダルとワイヤーを繋いだ後で軽く動作確認を済ませる。

「こういう時に、ガンツさんにいてほしいよな～」

そんなことをぼやきつつ作業を進める。

そんなこんなで、ある程度の形が仕上がった。

よし、試運転といきますか。

試射場の外に出し操縦席に乗り込む。

「やっぱ男子的には『操縦席』っていうのは、いいよね～。この狭さがまさにコックピットって感じでたまりませんな～」

なんて独り言を言いながら、操縦桿を握り、気を引きしめる。

「モニターよし、後部モニターよし、魔導モーター出力よし、操舵《そうだ》関係もろもろよし、と。じゃあ、いきますか。上昇！」

レバーを操作し、反重力の魔法陣に魔力を流すと、浮遊感に襲《おそ》われる。

「おお、浮いた！」

高度計は……ちゃんと動いているみたいね、よし！

高度が五百メートルに達したところで、機体を水平に飛行させる。

だけどここで想定外のことが起きた。

「やばっ、寒すぎ」

防寒《ぼうかん》とか何も考えていなかった。とりあえずは前作ったエアコンの魔道具でしのごう。

インベントリから出したエアコンを設置し、ハイパワーで暖める。

「ちょっと寒さが落ち着いたかな。じゃ、改めて水平飛行を」

操縦桿を握り、徐々にスピードを上げていく。

「う、うわ！　意外とスピードが出るんだ」

といっても速度計はつけ忘れたから、正確な時速は分からないけどね。

その後、上下に移動したり旋回《せんかい》したりして、動作に問題ないことが分かった。

あとは乗る人のための設備を追加しないとだ。

試射場に戻り、忘れないうちに機体に防寒処理を施す。

前に作った武器も取りつけ、内装にも手を入れる。

「よし、これで大丈夫なはず。お昼を食べてから試乗といきますか」

転移ゲートで独身寮の前に出ると、ガンツさんと出くわす。

「あ、ガンツさんもお昼？　俺はこれから飛行機の試乗をするけどどうする？」

「乗る！　乗るに決まっとるだろ。さあ行くぞ」

「ええ、お昼は？」

「ここでチンタラしてると、ガンボが嗅《か》ぎつけてくるだろ」

なんて喋っていたら、ガンボさんが顔を出す。

「ガンツ、ワシを呼んだか？」

「いや、呼んどらん。気のせいだ」

「いや、確かに呼んだ。また二人でコソコソとしとるのだろ。よし、こうなったら今日は二人にくっついて離れんぞ。さあ観念《かんねん》してワシも仲間に入れるんだ！」

ガンボさんがそう騒ぎ始めたので、ハァーと嘆息する。

「ガンツさん、諦めよう。いざとなったら捨てればいいんだし」

「そうか、それもそうだな。よしいいぞ。仲間に入れてやろう」

「ちょ、ちょっと待て二人とも！　さっきの不穏《ふおん》な会話はなんだ？　『捨てればいい』ってなんだ？

ケイン、「冗談《じょうだん》だよな。待て、その目はなんだ。笑ってないぞ」

「冗談、冗談だってガンボさん」

「そうだ、冗談だガンボ。ちょっとしたドワーフジョークだ」

「知らん、そんなジョークはワシは聞いたことがない。それに二人のその冷たい視線はなんなんだ。完全にイジメだろ」

さっきより更にワーワー騒ぐガンボさん。

「も〜、で結局どうするの？　ついてくるの？　来ないの？」

「ううう、面白いことをやりそうなのは分かっている。だけど『捨てればいい』の発言もひっかかる。なあワシはどうすればいいんだ？」

「運を天に任せるのも一つの手だよ」

「ああ、そうだな。ってなるか！　天に任せて捨てられるのは嫌すぎる」

ガンボさんがブツブツ言い始めたので、慌ててフォローする。

「も～、だから冗談だってば。そもそもセスナ機はドワーフの里に行くために作るんだし、ドワーフの里に行くのは新都開発の人材確保のためだし、ガンボさんには交渉《こうしょう》のために結局来てもらわなきゃなんだから、当然試乗には連れていくよ！」


というわけで俺、ガンツさん、ガンボさんで昼ご飯を食べ、転移ゲートで試射場に移動する。

「ほう、もうここまでできてるんだな」

セスナ機を見て感心するガンツさん。

「実はさっき一度試乗したんだけど、寒くて仕方なかったよ」

「なんだ、もう試運転は済ませたのか。ケイン、ズルいぞ」

「とりあえず動作確認しただけだってば」

「ケイン、ワシは相棒じゃないのか……」

今度はガンツさんがぶつくさ言い始めたので、またしても慌てて言う。

「ガンツさん、拗《す》ねないでよ～！　いいじゃん、これから一緒に試乗するんだから！　ねっ！」

「……分かった。で、次は何をするんだ」

「兵装の確認だよ。上空でちゃんと機能するかどうかを確認するから」

「は？」と言って呆れた顔になるガンツさん。

「ケイン、兵装の確認はここで散々やっただろ。さすがにもう必要ないと思うが」

「ここと上空では気温が違いすぎるから、参考にはならないよ～」

まあ、実際は撃ちたいだけなんだけどね。

俺がウキウキ準備を進めてたら、背後からボソボソとガンボさん、ガンツさんの声がする。

「ケインの武器への執着《しゅうちゃく》、怖いな……」

「ああ。使うアテもなく戦う相手もいないのに何を考えているんだ」

「なっ。子供のごっこ遊びなら可愛いもんだが、そうじゃなく、戦争に使えるレベルだぞ」

「それを実際に飛びながら試射したいなんて、どういう神経なんだ？　万が一どこかに当たったらどうする気なんだ？」

「本当に戦争になるかもしれんな……」

「普段ワシらの酒好きや車好きをコケにしているが、実害を考えればケインが一番ヤバいな」

うっ、耳が痛い。二人には、撃ちたいだけなのがバレバレだった。

どうしよう、ひとまず飛ぶだけ飛ぼうかな。

というわけで、兵装のことはいったん置いといて、ガンツさん、ガンボさんを乗せて飛行機で空へ飛び立つ。

しばらく運転したけど、やっぱり機能には問題なさそうだ。

うーん、でもな～兵装を試さないとなると、せっかく飛んだ意味がないな。

「ねえ、ガンツさん。いっそのことさ、このままドワーフの里まで行っちゃおうか」

「まーたそんな簡単に言う！　少し待った方がいいぞ」

「『少し』ってどのくらい？」

「そ、そうだな……来年辺りはどうだ？」

なぜかガンツさんがソワソワし始める。

「ええ、来年⁉　なんでさ？　新都市開発の人材確保に行くんだから、早くしなきゃでしょ？」

ガンツさんが今度は「うーん」とか「むーん」とか唸り始めた。

え？　なんなの？

「もう行っちゃおうよ。ねえ～ガンツさん～」

ガンツさんを小突いてたら、ガンボさんが笑いだす。

「ふっ。ハハハ！　こいつは怖いんじゃよ。なあガンツ」

「うるさい！　よけいなことは言うな！」

「え、怖いって何が？　ドワーフの里には何か怖いものがいるの？」

そう尋ねたら、ガンボさんがニヤニヤとガンツさんを見る。

「ああ、ガンツにとってはとびきり怖いのがいる。なあガンツ」

「ああもう、うるさい。いいからお前は黙っとれ。なあケイン。戻らないか、頼むよ」

「ええ～そう言われると逆に気になるんだけど？」

ニヤリとして言うとガンツさんが涙目になる。

「ケイン、やめてくれ～!!」

ガンツさんの叫びを無視して、ガンボさんにお願いする。

「じゃあガンボさん、案内よろしく。まずは領都の方に飛んでいくから、そこから先の方角を教えてね」

「ああ、分かった。また面白いものが見られそうだな」

ニヤニヤするガンボさんを見て、ガンツさんが諦めモードになる。

「はあ、もういいわ。どうせ降りられんのだし、好きにしてくれ」

機体の先端を領都に向けて飛んでいくと、ガンボさんの指示に従い、高い山が連《つら》なっている方に向かう。

それから数分後、ドワーフの里らしき集落を目で確認することができた。

「ねえ、もしかしてあそこかな？」

「ん？　ああそうだな、あそこだ」

ガンボさんにそう言われ、着陸する場所を尋ねる。

「どこか飛行機が降りれそうな場所ってある？」

「待て待て、里の中に降りるのはやめてくれよ、パニックになるからな」

しばらく考え、ガンボさんが集落の前の広場を指さす。

「あそこならいいだろ、ほら、里の門の前に開けた場所があるだろ」

「分かった。じゃ降りるね」

里の上空で旋回し、着陸する場所を確認した後、指定された広場の上で機体を安定させて地表へとゆっくり降りていく。

降りていく途中で、機体に気が付いた里の人達がこっちを指さし、騒いでいるのが見えた。

「ねえ、大丈夫だよね、ガンツさん、ガンボさん？」

さすがにいきなり飛行機はショックが大きすぎるかなと思って聞いたら、ガンボさんがニヤニヤと言う。

「まあ、飛行機どうこうより、ガンツが降りることの方がやばいかもな。ぷっ」

「ガンボよ、シャレにならんからやめてくれ」

ええ、ガンツさんの方が飛行機より問題なわけ？

「ガンツさん、いったい何をやったのさ？」

「正確には『何もしていない』のだがな。ぷぷっ」

尋ねても答えないガンツさんの代わりにしつこく茶化《ちゃか》し続けるガンボさん。

それを遮るようにガンツさんが大きい声を出す。

「ほら、もうすぐ着陸するぞ！」

ズズーンと衝撃があり、機体がドワーフの里の前に降り立つ。

「ほら、ドアを開けるよ。ガンボさんが最初に降りてね。最初がガンツさんだとなんか怖いから」

「だな、ではお先に降りるぞ」

機体のドアを開け、ガンボさんが先頭になって、階段状のタラップを踏んで降りる。

ガンボさんが外に出ると、里のドワーフ達がざわつく。

「あれ？　誰か出てきたぞ」

「あっほんとだ。でも、なんか見覚えあるぞ？」

「んんん、眼鏡をかけてるけど、もしかしてガンボさんじゃね？」

「ああ、そうだ！　ガンボさんだ」

「だな、ちょっと前に領都に行ったはずだが……」

「おいおい、それより奥に見えるのはガンツさんじゃねえか？」

「おお、確かにガンツじゃや、誰か知らせてこい！」

「分かった、俺が行くわ」

「あ〜あ、帰ってきちゃったんだ」

ええ……本当に誰も飛行機とか眼中《がんちゅう》にないじゃん。

ガンツさん、何か相当なやらかしをしたっぽいな。

「結局どういうことなの？　教えてよガンボさん！」

「まあそのうち、いやでも分かるさ」

「………」

ガンボさんに続いて、顔が真っ青なガンツさん、俺とステップを降りる。

するといつの間にか集落の入り口にある門のところに、一人のドワーフの女性が仁王立《におうだ》ちしていた。

その女性を見て、途端に慌てだすガンツさん。

「あっ、お、お前。ずいぶんと久しぶりだな。元気だったか？」

女性は無言のまま「スパーン！」と綺麗《きれい》な平手打《ひらてう》ちをガンツさんの頬《ほほ》に叩き込んだ。

ひえぇ〜、誰か知らないけどすさまじく怒ってるのだけは分かる。

「ガ、ガンボさん、あの人は誰⁉」

「ああ、ガンツのカミさんだ」

ニヤニヤしながらガンボさんが言う。

「え!? ガンツさん結婚してたの？」

「ああ、ケインは知らなかったのか？」

「初めて聞いたよ。ってかガンツさん、奥さんを故郷にほったらかしにして発明やお酒や車に夢中だったってこと？」

ガンツさん、同じ男としてどうかと思うよ。

「ぷっ、見ろよあれ。ガンツの奴、綺麗に手型がついてるぞ。ぷっ、ガハハ！」

「……ガンボさん？ あなたにも聞きたいことがあるから覚悟しておいてね」

「ヒィッ」

完全に他人事《ひとごと》って感じで笑っていたガンボさんだが、ガンツさんの奥さんに睨まれて縮《ちぢ》こまった。

ガンツさんの奥さんは、怒りのオーラ全開で再びガンツさんに向き直る。

「さてあなた、何か言い訳は？」

「お、お前、久しぶりに会ったというのにいきなりビンタはないだろう!?」

「スパーン」と今度は右頬にビンタが炸裂《さくれつ》する。

「久しぶりなのは誰のせい!? それと私はいつから『お前』という名前になったのよ！ もう私の名前も忘れたってこと!?」

「い、いや、お、覚えているとも。当然じゃないか」

と言ってから、数秒間沈黙するガンツさん。

「あ、ガンツさんやばい」

「だな、忘れてるな」

俺とガンボさんがボソボソ言いながら見物していると、ガンツさんの奥さんがガンツさんにジリジリ詰め寄る。

「あなた～？」

「い、いやいやいや！　自分の妻の名前を忘れるなんてことがあるわけないだろ！」

「なら、ちゃんと名前で呼んでよ。さあ！　さあ！」

奥さんに迫られて、ガンツさんが縋《すが》るようにガンボさんを見る。

え、ええ～マジで忘れたの？　そりゃないよガンツさん……

「ワシに助けを求めているが、こんな修羅場《しゅらば》に飛び込むことはできん。成仏《じょうぶつ》しろよ！」

ガンボさんに見捨てられ、絶望の表情になるガンボさん。

「さあ早く！」

奥さんに急かされてガンツさんは口をパクパクさせながら言い始める。

「え、ええ～……そ、そのだな。う～」

「う？」

「い～」

「い？」

奥さんの表情をチラチラ窺《うかが》いながら探るように一文字ずつ口にするガンツさん。

でも一文字言うごとに奥さんの怒りのボルテージが高まっているようにしか見えず、完全に逆効果な気がする。

「い、いや待て、そうだ！」

ハッとした様子でガンツさんが言う。

「『アンジェ』だ！　な、だよな。ん……アンジェ……だよな？　合ってる……よな？」

またチラチラと顔色を窺いだすガンツさんに、奥さんがブチ切れる。

「やっと思い出したと思ったら、そこまで自分の妻の名前に自信がないの!?」

「スパーン」と左頬にビンタが決まる。

「若い頃は、耳元であんなに甘く名前を囁《ささや》いてくれたというのに！　『アンジェだよな？』って、なんなのそれ！」

今後は「スパーン」と右頬にビンタが決まる。

「もう何年も領都に行ったきりで、お金は送ってくるのに手紙は一つも寄こさない！　それに最近は送ってくる金額が大きくなったのに、その理由も知らせてくれない。私はあなたのなんなの〜っ！！！」

奥さん、もといアンジェさんは今までの不満を叫びながら「スパパパーン」と音を立てて左、右、左、右とリズミカルにビンタを放つ。

両頬がパンパンに膨《ふく》らんだところで、ガンツさんはやっと解放された。

ガンボさんも最初は笑っていたが、今はかわいそうなものを見るような目だ。

すべての怒りをぶちまけてようやく少し落ち着いたらしいアンジェさんが、ガンツさんに聞く。

「ハァ～ハァ～、それで!?　今日は何しに来たんですか？」

「モゴゴ………」

頬が腫れすぎてうまく話せないガンツさんに代わり、ガンボさんが言う。

「アンジェよ、もうその辺で勘弁してやってくれ。今日ここに来た理由は、ワシから説明するから」

「その説明っていうのは、このロクデナシも関係していることかしら？」

「というか、この里全体に関係する話なんだ」

「フ～分かりました。では集会場を準備してみんなを集めてもらいますから、それまで待っててちょうだい。あなた、それでいいわね!?」

「モゴ……モゴ……」

頬を押さえながら涙目で頷くガンツさん。

「じゃ、じゃあそれまでワシは自分の家にいるから、準備ができたら呼んでくれ」

ガンボさんはそう言ってそそくさとその場から逃げ出した。

「ハァ～ッ、まったく……ほら立って！」

アンジェさんはブツブツ言いながらぐったりしているガンツさんを起こす。

その後、クルッと俺の方を振り返って深く頭を下げる。

「お見苦しいところを見せてごめんなさい。私はこのダメ亭主の妻でアンジェといいます。あなたはこのロクデナシとはどういう関係の方？」

「は、はじめまして……俺はガンツさんと一緒に工房で作業しているケインです」

「あら、じゃあさぞかしこのロクデナシがご迷惑をかけたでしょうね。ごめんなさい。とにかく、しばらく私達の家で休んでてもらえるかしら」

「は、はい……」

とりあえずそう返事をして、ヨロヨロしながらもなんとか歩きだしたガンツさんを支えながら移動する。


ガンツさんの家に到着すると、ドワーフの若い男性と女性、子供が数人いた。

ガンツさんのお子さんと、お孫さんかな？

「おふくろ、戻ったか。なんだかずいぶんと騒がしかったけど、どうなった？」

ガンツさんの息子らしき人がアンジェさんに聞く。

「ん!?　それは、親父……？　だよな？　ずいぶんと人相《にんそう》が変わっているような気がするが」

「ああ、これね。私がちょっとやりすぎちゃったの。てへっ」

軽いノリで言うアンジェさんに息子さんはドン引きし、それから俺に気付いて聞く。

「……あ、ああそうなんだ、おふくろが……で、この子は誰なんだ。まさか親父が攫《さら》ってきたのか？」

「ち、違いますから。ガンツさんの工房で働いているケインといいます」

「ああ、そういえばガンボさんから何か説明があるみたいなのよ。あんたは里の人を全員に集会場に集めてきて。はい！　行ってくる！」

アンジェさんが「パン」と手を叩くと、息子さんが慌てて出ていく。

ソファに案内されてガンツさんを座らせ、ようやく少し落ち着いたので、ガンツさんにインベントリから出した氷を渡す。

「あら？　こんな人のためにわざわざすみませんね。どれ、貸してみなさい」

アンジェさんはガンツさんから氷を取り上げると、手拭《てぬぐ》いの中に入れて両頬に巻きつける。

「まだ痛い？　でもあなたも悪いんだからね」

「ガンツさん、どうです？　喋れそうですか？」

俺が聞くと、氷で多少腫れが引いたのか、ようやくガンツさんが口を開く。

「……ああ、ちょっと楽になった。氷ありがとうなケイン。アンジェも手拭いをありがとうよ」

話せるようになったガンツさんに、すかさずアンジェさんが質問を始める。

「それで、なんであんな大金を送ってくるようになったの？　何か後ろめたいことに手を出したんじゃないでしょうね」

また怒りがぶり返したのかアンジェさんがジリジリとガンツさんににじり寄る。

「ま、待て！　ちゃんと話すから、な！　その振りかぶってる手を下ろして、まず座れ！」

「ハア〜ッ、ほんとにちゃんと話すんでしょうね。じゃ、話してみて」

「あ、ああ、実はだな……」

ガンツさんは俺の発明の製造を担当するようになり、蒸気機関で魔道具を大量生産したり、お酒を醸造したりで大儲けしたことをアンジェさんに説明した。

それから新都市を作るために、ドワーフの里に人材確保に来たことも話す。

「はぁ、それで送るお金が増えたのね……まあ、大体分かりました。ですが大金を送ってこられてもこの里でどうやって使えと言うの？　日用品以外で買うものなんてほとんどないわよ。それにその魔道具ってどこにあるの？　まさか手ぶらなの？　長い間、放っておいた愛する妻に手土産《てみやげ》の一つもないの？　もう、信じられない！」

「そ、それは……」

「言い訳しない！」

まだまだ怒りが収まっていなかったらしいアンジェさんにクドクドと怒られ、ガンツさんは半泣きだ。

「私なんか手元が見えなくなって、趣味の手芸《しゅげい》も捗《はかど》らなくて落ち込んでいたのに、このバカ亭主はこっちを気にすることもなく、好き放題遊んでただなんて……」

ハァ～と嘆息するアンジェさん。

アンジェさん、怒ってるだけじゃなく悲しんでいるっぽい。

まあいい年こいたお年寄りなのに、家庭放棄して自分だけ自由に遊びまわるとか普通にガンツさんが最低だよね。

せめて、手土産、手土産かぁ～と考えて、ハッと思いついてインベントリからあるものを取り出す。

「ガンツさん、これを貸してあげて」

「ん？　あ、そうか」

ガンツさんは俺が渡した老眼鏡をアンジェさんに差し出す。

「ア、アンジェよ。これをかけてみてもらえるか？」

「何これ、眼鏡？　どうしたのよ急に」

変な顔をしていたアンジェさんだったが、眼鏡をかけて表情が明るくなる。

「あら、よく見えること！　見えにくかった手元もよく見えるわ」

嬉しそうなアンジェさんを見て、ガンツさんが急にガバッと床に座り、土下座《どげざ》する。

「アンジェ！　今更だがスマンかった！」

「フン、何を謝ってるの？」

「い、いやその……全部だ全部」

「全部って？」

「全部は全部だ！　お前の笑顔を久しぶりに見て、そんなお前にビンタをさせるようなワシがすべて悪かったと気付いた！」

必死で謝るガンツさんを見て、ハァ〜とアンジェさんが嘆息する。

「ハァ〜、もう。分かったわよ。ガンツ、顔を上げて」

ようやく怒りが和らいだっぽいアンジェさんが、ガンツさんに笑顔で聞いた。

「で、この眼鏡はなんなの？　魔道具？　凄いわね〜」

「それはな、『老眼鏡』だ。つまりお前もご老人ということだな。ハハハ」
ガ、ガンツさん……
俺がガンツさんの失言を注意する間もなく、アンジェさんのビンタが「スパーン、スパパパーン」とガンツさんに炸裂した。

「誰のせいで老《ふ》け込んだと思ってるの！！！」

あーあ、せっかく氷で冷やしていたのにさっき以上に腫れているけど、自業自得だよね。

その時、ガチャッと玄関の扉が開かれ息子さんが戻ってきた。

「ただいま〜って、親父どうした。またさっき以上に膨れて」

「フン、ガンツのことはほっといていいわよ。で、準備はできたの？」

プリプリしているアンジェさんに聞かれ、息子さんが慌てて答える。

「あ、ああ集会所に集まってもらうようにしたから。おふくろも今から行くのかい？」

「そうね、ガンボさんに声を掛けて行きましょうか。さ、ケイン君も」

「はい……ほらガンツさん」

「ウゴゴ……」

というわけで、また顔がパンパンに膨らんでるガンツさんを引きずり、集会場へ向かう。


集会所に入ると、ガンツさん達と一緒に壇上《だんじょう》に立つことになった。

そこで里の人達に、新都市の工事の仕事で人手が不足していることや、住み込みで働く移住者を募集していることを説明する。

また既にドワーフタウンで働いている者で里の家族を呼びたがっている人がいることも伝え、新都市へ移住したいか、新都市に住み込みで働く意思がある人はいないかを尋ねた。

「気にはなる」

「興味はある」

「不安がある」

それぞれの意見が聞こえてきた。

「やっぱ実際に見ないと難しいよね。じゃあ、見学してもらいましょうか」

「ま、待てケイン、何をするつもりだ！」

「何ってガンツさん、実際に見た方が早いでしょ？」

さっと二つの転移ゲートを作る。一つは領都のガンツさんの工房に、もう一つはドワーフタウンの新しい工房に繋がっている。

「じゃあ、みなさん。これで見学できるのでお願いします」

「「「………………」」」

転移ゲートを見て、会場が静まり返ってしまった。

その時、ゲートの向こう側から、こちらに気付いた人の声がする。

「親方、そこで何を？　ってあれ、里の家にいるはずのカミさんがなんでここに？」

領都のガンツさんの工房に繋げたゲートの向こう側にいるドワーフが、ゲート越しに里の風景を見てびっくりしている。

そのドワーフの奥さんらしい人が、「あんた〜！」と言いながら転移ゲートを潜ってしまった。

今度はドワーフタウンの工房に繋げたゲートの向こう側にいるドワーフがこっちを見て言う。

「もうガンボさん、どこに行ってたんですか！　早く確認してほしいことがあるって伝えてましたよね？　ん？　子供達がいる？　どうして？」

「「「とうちゃ〜ん！」」」と彼の子供達が、ドワーフタウンへのゲートを潜ってしまった。

う、うわ〜しっちゃかめっちゃかになっちゃった。

慌てていったん会場の人達に落ち着いてもらい、ひとまずガンツさん、ガンボさんに引率《いんそつ》してもらってドワーフタウンの見学を行うことになった。

「ふわ～たっけぇ～」

「見ろよ、あっちにも建物が立っているけどデケェぞ」

里の人達は観光気分で楽しそうにドワーフタウンを回っていた。


「ふ～、こんなもんか」

「ガンツさん、ありがとう。みんな移住には納得したみたいだよ」

しばらくして、見学ツアーを終えて一息ついているガンツさんと話していると、腕組みをしたアンジェさんが現れた。

「で、ガンツ。どういう考えなの？」

「どう……とは？」

「もし移住するなら、私はどこに住めばいいの？　あなたは領都の工房からドワーフタウンまで通勤してると聞いたけど」

急に尋ねられてオロオロし始めるガンツさん。

「あ～、なら領都の工房で」

「工房に住めって言うの？」

ムカッとしたアンジェさんに言われ、ガンツさんが秒速で意見を変える。

「じゃあ、ドワーフタウンで」

「あなたは工房に住んでるんでしょ？　やっと会えたのに、また一人で住めって言うの？」

「ど、どうしろというんだ！」

あーあ、ガンツさんまた涙目になってる。

情けないガンツさんを見て、アンジェさんがハァ～と嘆息する。

「分かったわ。私からお願いするわね。ガンツ、あなたはドワーフタウンに自分が住む場所を用意して。そこで仕事をしてるんだから、私も一緒に住めば便利でしょ」

「はいっ、用意します！」

いつになくキビキビと答えるガンツさん。

「なら、それでお願いね。一度里に送ってちょうだい、ケイン君」

「は～い」

というわけでアンジェさんを含めたドワーフ達を里に送り、移住予定の人は三日後までに移住の準備を終わらせるようお願いしておいた。

俺は里に行ったついでに、出しっぱなしになっていた飛行機をインベントリに収納する。

「では、三日後に来ますね」

アンジェさんにそう挨拶して、ドワーフタウンの独身寮前に繋げた転移ゲートを潜る。

アンジェさんが声を掛けてくる。

「ええ、よろしく頼みますよ。ガンツ、あなたも待っててね。ふふっ」

「……あ、ああ」


転移ゲートを閉じた瞬間、ガンツさんがグッタリと脱力する。

「はーーー、怖かった」

「も～ガンツさんの自業自得でしょ！　今度から一緒に住むんだからちゃんと今までほったらかした分の埋め合わせをしてあげなよね！」

「わ、分かっとるわ。で、ケイン。お前は何をしているんだ？」

「移住する家族を単身寮に住まわせるわけにはいかないでしょ。だから、まずはここに集合住宅を用意しておこうと思って。えいっ」

一瞬で十階建てのマンションが二棟建った。

「は～何度見てもめちゃくちゃだな……」

ぶつくさ言っているガンツさんと一緒に、マンションの中を確認する。

一階部分のエントランスにエレベーターを三基用意し、残りのスペースを駐車場にして、二階から上を住居部分とした。部屋の形式は夫婦用に３ＬＤＫタイプ、子供や親など夫婦以外の同居人がいる家族には4LDKタイプ、もう少し多い人には5LDKタイプといくつか用意してみた。

「こんなに部屋が必要か？」

「ないよりはいいでしょ。ガンツさんが戸建ての家を作らないなら、アンジェさんとはここに住むんだし」

「む～、そ、そうか」

「さ、中を確認していくから、手伝ってよね」

「ああ、分かった」


ガンツさんと一緒に作業し、気が付くと日が暮れていた。

「お、終わった～。今日一日でいろいろありすぎだよ」

「それをお前が言うか？　騒ぎを起こすのはいつもケインだろう」

「え～？　ガンツさん達のせいでもあると思うよ。ていうか、今日いろいろあったのは半分くらいガンツさん原因じゃん」

「うぅ～そう言われるとそうかもな」

「っていうか、レース騒ぎはガンツさんの自慢から始まったわけだし、アンジェさんとのあれやこれやもガンツさんの自業自得でしょ？　あれ？　半分どころかほぼ全部ガンツさんのせいだよ」

「ぬ、濡《ぬ》れ衣《ぎぬ》だ！　何もかもワシのせいとは言えんだろ」

「でも今日に限って考えたら、ガンツさんのせいじゃん！」

俺に責められてガンツさんがむくれる。

「フン、アンジェだけでなくケインまでワシをいじめて！　謝ればいいんだろ謝れば」

「も～すぐ拗ねる。そこまでは言ってないでしょ！　今日一日騒がしかったけど、楽しかったからそれでいいよ」

「それでいいのか？」

「いいよ、だって楽しくなるためにいろいろモノ作りしてるんだし！　難しく考えすぎるとハゲちゃうよ」

「ハゲんわ！　ったく、ケインにはかなわんな」

そんな感じでガンツさんとあれこれ話していたら、いつの間にか夜になっていた。

「やばっガンツさん、帰んないと」

すぐに領都の工房に転移ゲートを繋ぎ、ガンツさんを潜らせた後、今度は自分の家の居間に転移ゲートを繋いで潜る。

「母さん、ただいま～」

「おかえり、すぐにご飯にするから手洗ってきなさい」

「は～い」

9　子供がいっぱいでした

そんなこんなで、ドワーフの里からドワーフタウンへの移住が一段落した。

ドワーフの里の人達に丸ごと引越してもらったから、アパートの部屋割とかがかなり大変だったけど、領都に住む俺の憧れのエルフのお姉さん、リーサさんにも手伝ってもらってどうにか片付いた感じだ。

ちなみにアンジェさんはその時にリーサさんと知り合い、今も仲良くしてるらしい。

俺はというと、無人になってしまったドワーフの里の防衛方法とかを考えつつ、移住したドワーフ達の役割分担も決めなきゃと忙しい毎日を送っている。

そんなある日のこと、俺、ガンボさん、ガンツさん、アンジェさんで寮でお昼を食べていたら、突然ガンボさんが言う。

「しかしドワーフタウンには、子供が増えてきたな」

「ああ。子供の世話で忙しく、働くのが大変だと相談が増えた」

「奥さん達も働きたいけど、お子さんの世話で働けない人が多いみたいよ」

ガンツさん、アンジェさんが同意したら、いきなりガンボさんが丸投げしてくる。

「というわけで、なんとかしてくれんか、ケイン」

「う〜ん、それなら、学校や保育所《ほいくじょ》を作ればいいんじゃないの？」

「「保育所？」」

ガンボさんとガンツさんが首を傾げる。

「保育所ってなんだ？」

「『保育所』っていうのは、小さいお子さんを預かってお世話するところだよ」

でも、この世界には保育士の資格とかないよな。

手の空《あ》いてる子育て経験者に、昼間だけでも子供達の面倒をみてもらうのがいいかも。

そう考えていたら、ガンツさんとガンボさんが言ってくる。

「保育所は分かったが、しかしケイン、学校はいらなくないか？」

「ああ、ワシらは行かなかったから、必要性を感じないな」

「でも子供を預かってくれる上に勉強を教えてくれるなら、通わせたいと思う親はいるんじゃない？」

「「ん〜」」

唸っている二人。これだけじゃまだ魅力を感じないってことか。

「んじゃ、給食でも出そうか？」

「「『給食』？」」

今度はアンジェさんも含めて俺以外の全員が首を傾げる。

「そう、学校で栄養バランスの取れた無料の昼食を用意するの。で、配膳や食器の片付けは生徒達にやってもらうんだ」

「ほう、なるほどな」

「また妙なことを言いだすな。だがそういう施設はいるだろうな」

「でも家で子供達のお昼を用意しないでいいのなら、助かるわ～」

ガンツさん達三人は建設に賛成みたいだ。

「なら、早速作ろうか」


というわけで、ドワーフタウン内の住宅地周辺で、建設場所を探し始めた。

住宅地の外れら辺に作るのが、通いやすくてよさそうだからな。

ん？　そういえば、アーロンさんの子供達は今どうしてんだろ。最近見かけないけど。

そう思いながらしばらく歩いていたら、子供達が家の前で遊んでいたので声を掛ける。

「あ、ケイン」

「「ケインだ！」」

長男のキール、次男のマール、末っ子の妹ミールが先に俺に気付いて言う。

子供達の側《そば》に行き、話しかける。

「みんな、何してんの？」

つまらなそうにキールが言う。

「別に？　暇だから家の前で下の子達の面倒をみてたんだ」

「え、そっか。遊ぶところがないのか」

キールに言われて気付く。

そういや保育所も大切だけど、子供達の遊び場も大事だよな。

「じゃ公園を作るから、そこで遊べばいいよ。ついてきて～」

「『こうえん』ってなに？」

「まあまあ、見ててよ」

不思議そうなマールに言いつつ、住宅街の外れに歩いていく。

よし、場所はこの辺かな。

え～と。まずは敷地を囲《かこ》む柵《さく》だよな。

ボールが飛び出ないくらいなら、高さは三メートルくらいか。

「えぃっ」と魔法で作る。

「わ～、何か出てきた！」

「あたしもえぃっってやりたい～！」

マールとミールが俺の魔法を見て無邪気に喜んでいる。

じゃあこんな感じで作っていくか。まずは柵に出入り口のゲートを建ててっと。

あとはシーソー、ブランコ、滑《すべ》り台《だい》、それから砂場、ジャングルジム、鉄棒と作りまくる。

「よし、こんなもんか！」

なかなか充実した公園になったな。

「じゃあ危なくないよう、遊び方を説明するよ。いい？　これが……」

「待て！」

急にキールが遮ってきた。

「何？　追加で何か欲しい？」

「じゃなくて！　ケイン、ここはなんなんだ？」

「ここは公園だよ」

「だから！　『公園』ってなんなんだ！」

「何って言われると……う～ん、子供達が楽しめる遊具《ゆうぐ》がいっぱいある場所ってとこかな？」

「ねえ、遊んでいいの？」

キールの質問に答えていたら、マールが目をキラキラさせている。

「あたし、これであそびたい！」

今度はミールが話しかけてきて、指さした先には滑り台がある。

「いいよ、じゃあ使い方を教えるね～」

俺は滑り台の階段を昇り、てっぺんに立つ。

「これは『滑り台』って言ってね……」

と言いながら傾斜に座り、お尻《しり》で滑り降りる。

「こうやって滑って遊ぶんだよ、やってみる？」

「うん‼」

マール、ミールが目を輝かせながら大きく返事した。

お兄さんのマールが、妹のミールの手を繋いだまま滑り台の上まで行き、まずマールが滑る。

「きゃはは‼」

はしゃいでいるミールを見て、マールもすぐ傾斜の上にしゃがむ。

「じゃあ僕も！」

今度はミールがズザーッと滑り、地面に着地する。

「た、楽しい～！」

「もういっかい！　もういっかい！」

「うん、もう一回やろ！」

わ～、二人ともめちゃくちゃ楽しんでくれてる。

もしかしてこの世界って、子供の娯楽が全然ないのかも。これだけ喜んでもらえると作った甲斐があるね。

けど、あれ？　キールは滑らないみたいだ。

「ほら、楽しいってよ。キールも一緒に遊びなよ」

「いや、ここで見てるからいい。俺は八歳だし、滑り台とか遊ばないし」

そっぽを向くキール。反抗したいお年頃か？

「そう、ならこれは？」

「あ、それは！　キックボードじゃねえか！」

インベントリからキックボードを取り出すと、キールが目の色を変える。

「え、これが何？」

「ケイン知らないのか？　キックボードはドワーフタウンの子供の間で流行《はや》りすぎて、欲しくても店に売ってなくて買えないんだ。なのに、なんでケインが持ってるんだ⁉」

「なんでって、キックボードは俺とガンツさんで作ったからさ」

「は〜⁉　嘘だ！」

一瞬ポカンとしたキールが、大きな声を出す。

「嘘じゃないって。はいどうぞ、これならキールも遊べるでしょ？」

「えっ、ありが……いや待て、タダでもらえるわけないだろ！　何が目的だ？　自慢か？」

一瞬嬉しそうにしたと思ったら、ムキになって騒ぎだすキール。

「う〜ん、じゃあさ、あげるんじゃなくて貸すよ。キールもこれから食堂で働き始めるから、それでお金が稼《かせ》げたら払ってよ」

「フン！　そ、そういうことなら受け取ってやるよ」

顔が嬉しそうにニヤニヤするのを抑えられないキール。

「じゃ、俺は帰るね」と言って背を向けると、後ろから「ヒャッフゥ〜！」とキックボードで遊ぶノリノリなキールの声が聞こえてきた。

も〜、素直《すなお》じゃないな〜。


公園を作って満足した俺は、転移ゲートでドワーフタウンの寮にいるガンツさんのもとへ戻った。

「で、ケイン。保育所は『えぃっ』でうまくいったか？」

「どこに建てたの？」

ガンツさんとアンジェさんに聞かれて、ゲッとなる。

やばい、保育所を作りに行ったのに。忘れて帰ってきちゃったよ。

「ハア〜ケイン、別のものを作ってきたのか？」

「エ、エヘヘ……」

笑って誤魔化《ごまか》すとガンツさんが呆れる。

「やっぱりな！　おいケイン、今度はワシも連れてけ。また脱線されちゃ困るからな」

「なら私も見に行こうかしら〜。手が空いてるから保育所ができたら働きたいのよね」

というわけで、今度は俺、ガンツさん、アンジェさんで住宅街の外れに向かう。

保育所は公園の近くの方がいいだろうから、隣にでも建てよう。

と、思って公園の柵の中を覗くと、キール達以外にもたくさんの子供達が遊んでいた。

「いつの間に⁉」

てか、住宅街ってこんなに子供がいたんだ。やっぱり保育所と学校は必要だな。

なんて思っていたら「あ～ケインお兄ちゃんだ～」という声がするので見ると、マールがこっちに走ってきた。

「また遊んでくれるの？」

「の～？」

マールの後ろからついてきたミールが、マールの語尾《ごび》だけ復唱《ふくしょう》しながら首を傾げる。

「この横に建物を作りに来たんだ。ちょっと危ないから離れていてね」

「うん、分かった」

「つた～」

「離れているから、見ててもいい？」

「いい？」

マールと、マールの復唱がマイブームらしいミールに聞かれたので、お願いする。

「えーと。じゃあ危なくないように、もう少し離れてもらえるかな？」

マールとミールが十分に離れたので、魔法で保育所を建てる。

「いい？　いくよ、えぃっ」

「「うわぁ〜!!」」

はしゃぐマールとミールの後ろで、他の子供達も騒ぎ始める。

「え〜今の何？」

「何？　何？」

「なんか建ってる！　すっげ〜」

「俺、見てなかった……」

「なあ兄ちゃん、もう一回見せて！」

気付いたら子供達に取り囲まれてしまった俺。

「「もう一回！　もう一回！　もう一回！」」

息の合ったコールで「えぃっ」を強要してくる。

「も〜見世物《みせもの》じゃないんだからダメ！　もう終わり！」

「「え〜」」

「そこ、ぶーたれない」

俺が言うと子供達が今度は息の合ったブーイングをしてくる。

「「ケチ～！」」

ケチってなんだよ！　公園と保育所作ってあげたのに。

「このクソガキども～」心の中でと思っていたら、子供達のうちの一人が急に俺を指さす。

「分かった！　こいつは『魔物ケチケチ』だ！」

「みんな、魔物をやっつけるぞ！　いくぞ！」

「「オー！」」

俺を魔物ケチケチ認定した子供達が襲いかかってきて、ポコポコと殴ってくる。

あっ、痛い！　みんな小さいけど結構痛い……ってか、なんで俺がこんな目に！

「マール、ミール、助けて～！」

情けないけどマール達に助けを求める。

「やめろ！　ケイン兄ちゃんは悪くない！」

「ない！」

「『えぃっ』がダメでも、たぶん、他に何か出してくれるはずだ！」

「ずだ！」

他の子供達の前に立ちはだかったマールとミールが無茶ぶりをしてきた。

「え、えっと、うん。ありがとう、マール、ミール」

「「どういたしまして」」

何か出すって、何を？　あ、さっきのキールと同じでいいか。

「じゃ、助けてくれたマールとミールには俺からプレゼントだよ。はい」

インベントリからキックボードを出し、二人に渡す。

「わ～いいの？」

「の～？」

「いいよ、乗って遊んできな」

「「わ～い！」」

早速キックボードに乗ったマールとミールが公園から出て走っていく。

で、他の子供達はというと……

「「「…………」」」

黙ったまま物欲しそうにチラッチラッと俺を見ていた。

「で、俺に何か言うことは？」

「「「ごめんなさい」」」

腰に手を当てて聞くと、子供達が一斉に謝る。

「今度からしない？」

「「「はい、二度と『魔物ケチケチ』と言いません！」」」

調子いいなぁ。でもまあ謝ったしいいか。

「は～、じゃあ二度としないでね。はい、じゃあ君達にもこれをあげるから、仲良くね」

「「「ありがとう！」」」

子供達がそれぞれキックボードを手に取り、楽しそうに走りだす。

「済んだか？」

子供達を眺めていたら、いつの間にか背後にいたガンボさんに聞かれた。

「『済んだか』じゃないよ。てかガンツさん、今までどこ行ってたの⁉」

「ワシはアンジェと保育所の中を見てたんだ。子供は子供同士で遊ぶのが一番だろ」

「囲まれてポコポコされたけどね！　あんな小さい子達でも意外と痛いんだから。今度、ガンツさんも体験してみる？」

「おいおい、ワシを死なす気か？　ワシの年を考えてから言ってくれ」

都合のいい時だけ年寄りぶるよな、ガンツさんて。まったく。

「で、中はどうだった？」

「結構ちゃんとしているな！　今はアンジェが子供達におやつを用意している」

「そう？　念のため調理室もつけといたのが役に立ったみたいだね」

「アンジェがな、オーブンがうちのよりずっと立派で羨《うらや》ましいとか言ってたぞ」

ガンツさんがチラッチラッとこっちを見てくる。

何、俺が設置しろってこと？

「え～？　ガンツさんの家のオーブンは、ガンツさん自身でプレゼントして豪華《ごうか》にしなよ」

「そ、そうだな……」

わざと冷たく言うと、目が泳ぐガンツさん。


それからガンツさんと一緒に公園から保育所まで歩くと、建物の中から香《こう》ばしい匂いがしてきた。

「アンジェは焼き菓子を作ったようだな……ん!?」

鼻をひくつかせたガンツさんが、カッと目を見開いた。

「え。どうしたの、ガンツさん？」

「この匂いは！　確か……そうだ覚えがある。ほら、ケイン何しとる。急がないとなくなるだろ！」

「なくなるって、たかがお菓子でしょ。ガンツさん、子供相手にお菓子の取り合いする気？」

「アンジェはワシの奥さんだ！　だからアンジェが作るお菓子はワシにも食べる権利があるはずだ！」

「大人気《おとなげ》ない！」

「何を言うか。ワシは当たり前のことを言ってるだけだ。ほら行くぞ！」

「あ～はいはい」

そんなことを言い合いながら保育所の中に入ると、既に子供達がアンジェさんのお菓子に群がって騒いでいた。

「ま、間に合わなかったか……」

ガクッと膝を床につくガンツさん。

「ちょっとガンツさん、そんなに食べたかったの？」

呆れていたら、アンジェさんが俺達に気付く。

「あら、あなた達。戻ったのね。はい、お疲れ様」

アンジェさんはそう言うと、お茶とお菓子を出してくれた。

ちゃんと俺達の分まで取っておいてくれるとか優しいな～。

「おお、これだ！　この匂いだ！」

途端にガバッと立ち上がったガンツさんが、凄い勢いでお菓子を掴む。

「あらガンツったら、どうしたのかしら？」

「アンジェさん、実はね……」

アンジェさんに、さっきガンツさんがお菓子の香ばしい匂いを嗅いでからの落ち着きのなさを説明する。

「ふふふ、新婚《しんこん》の時に作ったこのお菓子、好きでいてくれたのね。ガンツってば」

俺の目の前でアンジェさんが思い出に浸りだした。

お、ダメ亭主の汚名返上のチャンスじゃない？　と思ったら……

「なあ、爺さん。ちょっと俺達にそのお菓子を分けようとか思わない？」

「そうだぜ、爺さんの体に甘いものは毒《どく》だと聞いたことがあるぞ」

ガンツさんはさっき俺をポコポコした小さい子達に囲まれ、カツアゲされかけていた。

「な、なんだ、お前らは！　もうお前らはお菓子をもらったんだろ。なら、これはワシのだ！」

ムキになるガンツさんに小さい子達が言い放つ。

「ちぇ、魔物ケチケチジジイ！」

「「魔物ケチケチジジイ！」」

「魔物ケチケチジジイ!?」

クソガキ達はさっきのちくちく言葉をパワーアップさせていた。

魔物ケチケチジジイ呼ばわりされてショックを受けているガンツさんの前に立ち、クソガキ達にお説教する。

「はい、そこまで！　さっき約束したよね？　魔物ケチケチと言わないって！」

「「…………」」

「……魔物ケチケチジジイだし、魔物ケチケチじゃないし」

怒られてクソガキ達が黙り込んだと思ったら、ボソッとそんな呟《つぶや》きが聞こえる。

「ん？　誰かな今のは？　屁理屈《へりくつ》言うなら、さっきあげたキックボードは返してね！」

「「…………」」

「はい、黙ってないで謝る！」

「「「ごめんなさい」」」

一斉に頭を下げるクソガキ達。

ハァ～、初日からこれって、先が思いやられる。でもアンジェさんは怒ると怖いから、ちゃんと教育してくれると信じておこう。

「フン！　まあ、いいわ。二度と言わんなら許すから、ゆっくり食わせてくれ」

ガンツさんが椅子に腰かけて、ようやく落ち着いて焼き菓子を食べようとする。

ちょうどその時、お菓子作りの後片付けを済ませたアンジェさんが合流して、一緒のテーブルにつく。

「ふふふ、ガンツ……思い出の味なんでしょ。ゆっくり食べてね。うふふ」

「へえ～『思い出の味』ね～、へ～」

ニコニコしているアンジェさんを見て、俺が横でニヤニヤしながら冷やかすと、ガンツさんが焦りだす。

「ほ、ほら！　いいからお前も食え」

「は～い」

10　また飛びました

そんなこんなで、いろいろとモノ作りをしながらしばらく経ったある日のこと。

「ん〜」

「どうしたの？　ガンツさん」

レース場で走っている車を見ているガンツさんが唸っているのが気になり、聞いてみる。

「なあ、ケインよ」

「何？」

「たとえばだが、車に翼《つばさ》をつければ、そのまま飛ぶこともできるのか？」

「うーん、無理じゃないけど、難しいよ？　地面から飛び立つには結構な速さが必要になるんだけど、車に積んでる魔導モーターじゃ速度が足りないんだ」

そう言った後に思いついた。

「そうだ、ガンツさん。重いなら軽くすればいいんだよ」

「急に何を言いだすんだ？」

「だから、車を飛ばすのは無理だけど、軽い機体を作れば魔導モーターなしでも飛行機ができると思うんだ」

「だが、どうやって？」

「それはね……」

俺はガンツさんの疑問を解消すべく、飛行機を木と布で作ることを説明する。

「なるほど。金属じゃ重いから、機体を木と布で作って軽量化するわけか」

「そういうこと。あとは過剰な装備を外して、軽量化だね。たとえば操縦席は前と後ろの二つにして、客室はなくす。機体内はほぼ空洞《くうどう》にして、部品を操作するためのワイヤーのみを中に取りつける。それから揚力《ようりょく》を得やすくするために翼を大きくして枚数も増やして……ざっと、こんな感じかな」

俺は喋りながら複葉機《ふくようき》――機体の上下を大きな二枚の翼で挟み込んだ形状の飛行機の模型を土魔法で作り、ガンツさんに見せる。

「また、妙な形だな」

ガンツさんはぶつくさ言いつつも複葉機の模型を手にすると、興味津々な様子だった。俺達が実際に乗る時の大体の寸法を考えているみたいで、ブツブツと独りで呟いている。

「どう、ガンツさん、作れそう？」

俺がそう問いかけると、ガンツさんは俺の言葉など耳に入らない様子でニヤリと笑う。

「まずは材料が必要だな。金属はあるが、木材となると……」

「あ〜もう聞いちゃいないや。ガンツさん、俺は戻るからね。ねえ、聞いてる？」

何回も聞いたけど、ガンツさんは複葉機の模型を見つめたまま動かない。

も〜、本当にモノ作りのこととなると、すぐ夢中になるんだから。

◇◇◇

「なんでこうなったのかな？　ねえ、ガンツさん」

「ワシに言われても困るぞ、ケイン……」

ため息を吐《つ》く俺達の周りには、獣人達がいる。獣人達はみんな槍《やり》を構えていて、翼の生《は》えた鳥系の獣人、猫《ねこ》系の獣人、犬系の獣人と多種多様な動物の姿をしている。

「ハァ〜なんでこうなったのかなぁ〜」

◇◇◇

時間は遡《さかのぼ》り、昨日のこと。

「ケイン、木と布で軽量化するのはいいが……材料を手に入れるアテがないぞ？」

「も〜ガンツさん、なら、いつものので代用できるでしょ」

「いつもの？」

「そう、これだよ、これ」

そう言って、ガンツさんにスライム樹脂を見せる。

「でも、これじゃ強度が……」

「何言ってるの？　もともと木とか布で作ろうとしてたんじゃない。それより丈夫でしょ？　ってことで、骨組みはステンレスパイプにして、残りの部品はスライム樹脂を使おう」

そんな感じでガンツさんに機体作りをお願いしておいた。


翌朝、転移ゲートでドワーフタウンの工房に移動すると、アンジェさん、そしてエルフのリーサさんがいたけど、ガンツさんがいない。

「おはようございます。アンジェさん、リーサさん。で、ガンツさんは？」

「「……」」

俺が言葉を掛けても、アンジェさんもリーサさんも黙り込んでいる。

なんかマズいこと言ったかな？　と思ったら、突然アンジェさんがテーブルに突っ伏して泣きだした。

「え？　どうしたんですか？」

嗚咽《おえつ》するアンジェさんに戸惑《とまど》いながらリーサさんに尋ねると、意外なことを言いだした。

「ケイン、ガンツが浮気《うわき》しているかもしれないんだ……」

「え？　まさか」

「私もまさかと思ったのだが……」

「ううっ……」

俺とリーサさんが困っていると、アンジェさんがハンカチで顔を拭きながら訴えてくる。

「絶対にそうよ！　だって、昨日もやっと帰ってきたと思ったら、食事をしてても上の空だし、時々思い出し笑いしながらニヤリとしてたし……絶対に浮気しているのよ！　それに食事の後に何か思い出したように外に出て、それから帰ってこないの！」

「あ～やっちゃったね」

アンジェさんからの告白を聞いて、心当たりがありすぎて呟いた。

「ケイン君、何か知っているの！」

「とりあえず、本人に聞いてみたらどうです？」

詰め寄ってくるアンジェさんにそう言って、転移ゲートを試射場に繋ぐ。するとそこには予想通りの光景があった。

ガンツさんが鼻歌まじりにほぼ完成した複葉機を点検していたんだ。きっと夢中になって徹夜《てつや》で複葉機を作り続けたんだろうね。

「ん？　おおケイン、来たか。どうだ、この機体。さっき完成したんだ！」

「ガンツさん、もしかして徹夜した？」

「徹夜？　あれ？　今何時だ？　……あ～やっちまった……アンジェに怒られる……ってアンジェ！」

ガンツが俺の後ろにいるアンジェさんに気付いた。

「ガンツ……」

アンジェさんは聞いたこともないくらい低い声で言い、怒っている。

「アンジェ、すまない。この通りだ……」

「…………」

ガンツさんはアンジェさんに即土下座して謝る。

だが、アンジェさんはガンツさんをただジ～ッと見ているだけだった。

「ハア～、もう。分かったわよ。ガンツ、顔を上げて」

「アンジェ……許してくれるのか？」

「もう、許しているわよ。それにあんな顔を見せられたら、怒ることもできないわよ」

アンジェさんがそう言うと、ガンツさんは嬉しそうにアンジェさんを見て抱きつこうとする。

だがアンジェさんはそれを手で防ぎ、ガンツさんに「まったく、次からちゃんと夕飯までに帰ってくるのよ」と注意していた。

なんだかんだ仲がいいよね。この二人。

誤解が解けたので、転移ゲートでリーサさんとアンジェさんをドワーフタウンの工房に送り、またゲートを閉じる。

二人がいなくなるとガンツさんが「ハァ～」と嘆息した。

「ため息吐きたいのはこっちだよ、ガンツさん」

「すまんなケイン、反省しているって」

「どうだかね～」

「それより、せっかく複葉機ができたんだから試運転といこうじゃないか。なあ！」

「いいけど、まず塗装《とそう》しようよ」

なんとなくだけど、複葉機といえば真紅《しんく》というイメージがあるので、赤が第一候補だ。

次の候補は飛んでるのが目立たないよう、下から見た時に空と同化するように水色とか、紺色《こんいろ》とかかな。

そんな風に悩んでいたら、ガンツさんが勝手に機体を塗《ぬ》り始めていた。

「え～ガンツさん、なんで勝手に塗っているの⁉」

「勝手にも何も、お前が反応しなくなったから先に塗っているだけだろう。何をそんなに怒ることがある？」

「それは謝るけど、そもそもなんで朱色《しゅいろ》なの？」

「これか。この色のペンキが目についたから使っているだけだが？」

「え～、そんな理由……？」

「いいから、お前も塗るのを手伝え」

「もう、分かったよ」

渋々ながらも、できあがった機体をガンツさんと朱色に塗っていく。

「これはこれでアリかも」

「そうだな。思いつきだったが、我ながらいいセンスだな！」

塗り終わった機体は、風の魔道具でゆっくり乾燥させた。

「で、どこで飛ばすんだ？」

「あ～、そうだね。じゃあ滑走路を作ろうか」

機体を乾燥させている間に作ってしまえばいいよねと思い、試射場の外に出て、滑走路を魔法で
「えぃっ」と作る。長さは二キロメートルくらいで、離陸は海側に向けてできるように作った。

「あとはいちおう、風向きを調べる吹き流しも用意して……と」

滑走路の横に高さ二メートルの棒を魔法で立てると、その上に吹き流しと呼ばれる筒状《つつじょう》になった旗を取りつける。

「これで滑走路の用意はできたね」

試射場に戻ると、ガンツさんが機体の塗装の渇き具合を確認していた。

「お、ケイン。もうよさそうだぞ」

「分かったよ」

複葉機をインベントリに収納すると、ガンツさんと一緒に滑走路まで魔導キックボードで向かう。

そしてインベントリから試作機を取り出し、滑走路に配置して早速乗り込む。

「ガンツさん、乗らないの？」

機体に乗り込まないガンツさんを不思議に思って尋ねた。

ガンツさんは、腕組みをしたままジッと機体を見ている。

「ガンツさん？」

「ん……なかなかの佇《たたず》まいだなと思ってな」

「あ～確かに。それはそうだね。でも、早く試験飛行を終わらせて帰らないと、またアンジェさんに怒られるんじゃない？」

「それもそうか。じゃあ、乗るとするか」

「うん。早く乗ろう」

「うん……」

と、返事はするくせに、乗らないガンツさん。

「ガンツさん、早くしなよ」

「ケイン……乗れないんだ」

どうやら手足が短くて、機体に登れないみたい。

乗り物を作るたびに、ガンツさんの体型では乗れないってパターンの繰り返しだなぁ。

「しょうがないな〜」

その場で魔法でハシゴを作り、ガンツさんが操縦席に上がれるようにする。

「今度乗り物を作る時は、もっと乗りやすく作るぞ。絶対にな！」

ガンツさんはワーワー言っていたが、なんとか操縦席に座ることができた。

「ふ〜やっと座れた……」

「ガンツさん、忘れないうちにこれ、はい」

ガンツさんに飛行帽とゴーグルを渡してつけてもらい、自分も同じようにつける。

「なんか緊張するな」

「うんドキドキだね」

そんな会話をしたあとで、ガンツさんが魔導モーターの始動スイッチを押した。

ヒュイ〜ンと甲高い音がして、複葉機のプロペラが回りだす。

「よし！　じゃあ、いくぞ。ブレーキ解除！」

機体がゆっくりと動きだし、ガンツさんが魔導モーターの出力を上げる。

プロペラが勢いよく回り始め、それに合わせて機体も徐々に速度を増して滑走路を進んでいく。

「動いた！　ケイン、どうすればいいんだ？」

「もう少ししたら、操縦桿を引いて離陸させて」

「分かった」

機体の速度が増したところでガンツさんに合図すると、一瞬の浮遊感と共に、機体が地面から離れたことを体で感じる。

「浮いた！」

「飛んだ！」

そんなことを言ってはしゃいでるうちに、機体はそのまま上昇を続ける。

◇◇◇

こうして複葉機は無事空に飛び立ち、しばらく上空を運転した。

「……」

「どうしたの？　ガンツさん」

海の上を飛んでいると、ガンツさんが無言になった。なんか最初と比べてテンションがダダ下がりなのを感じる。

「ねえ、ガンツさん。どうしたのってば」

「……暇だ。もう、海は見飽《みあ》きた！」

「はあ～？　作るのには夢中だったのに、飛んだ途端飽きたとか、ワガママすぎ！　も～。じゃあ試運転もできたし、帰る？」

俺がさすがに文句を言ったら、ガンツさんは更にワガママを言ってくる。

「このまま何もないまま帰るのもイヤだ！　アンジェへの土産物も土産話もないってのは、せっかく複葉機を作った甲斐がない！」

「はぁ～、もう～……ってん？　んんん？」

「どうした、ケイン？」

「ガンツさん、前！　前、見て前！」

「ん？　前がどうした？」

俺に言われてガンツさんが視線を前方に向ける。

「？　特に何もないぞ」

「ちゃんと見てよ。ほら！」

「見ているが……あ！」

俺達の目の前に現れたのは、大きな本島《ほんとう》が一つと小さな離島《りとう》一つがある島。

ただの島じゃなくて、空の上に浮かんでいる。

俺とガンツさんは顔を見合わせる。

「……なんだあれは？」

「ガンツさんも知らないの？」

「知らん。空に浮かぶ島なんて今まで見たこともないし、話に聞いたこともない」

「どうする、ガンツさん？」

「ああ、行こうじゃないか。いい土産話になりそうだ！」

今まで文句を言っていたガンツさんが急にやる気を出し、複葉機の魔導モーターの出力を上げる。

魔導モーターは甲高い音を上げ、速度が増していった。

複葉機はどんどん空に浮かぶ島に近付き、肉眼《にくがん》でもハッキリとその様子が見えるくらいになった。

しかし近付いたはいいが、このままでは着陸できないことに途中で気付く。

「木々に囲まれていて開けた土地がないね……これじゃ着陸することもできなさそう。どうしようかな～」

浮いている島の周りをグルグルと飛びながら、着陸できそうな場所を探す。すると島の縁《ふち》に、大きな穴がいくつか空いていることに気付いた。

「……ん？　ねえ、ガンツさん。島の下に穴が空いているけど、何かな？　ん？　穴？　もしかして……いや、まさか……」

「まさかってなんだ、ケイン？」

「あ～。昔、おとぎ話で海には大きな魔物がいるって聞いたってガンツさんが言ってたよね」

「ああ、だがほとんどの魔物は絶滅《ぜつめつ》したと聞いている」

「もしかして……ねえ、ガンツさん。島の下に回り込んでみて」

「下にか？　どうしようっていうんだ？」

ガンツさんは不思議そうにしながらも操縦桿を倒して下降する。

空に浮かぶ島の下に潜《もぐ》り込んで上を見上げると、俺が予想した通りみたいだった。

「やっぱり……」

「ケイン、何がやっぱりなんだ？」

「ほら、ガンツさんが、昔は海には大きな魔物がいたって聞いたんでしょ」

「ああ。それが？」

「だからね？　この浮いている島がもしかしたら、その魔物だったんじゃないかって思ったんだ」

「はあ？　意味が分からんぞ？」

俺の言葉がさっぱり理解できない様子で、ガンツさんがイライラし始めた。

「まあまあ、聞いてよガンツさん。この下から見た島の感じ、何かに似てると思わない？」

「ん……？　ケイン、もしかして……」

「そう、亀の甲羅《こうら》にそっくりだと思わない？　でね、俺はこの浮いている島って、もともとはでっかい亀の魔物だったんじゃないかなって考えたんだ。ほら、島に空いている穴の数と位置を考えたら、亀の甲羅とそっくり同じでしょ？」

「そう言われてみれば……よく気付いたなケイン！」

「えへへ」

なんてガンツさんと話していたら、突然「ガン！」という大きな音がした。

「何、今の音は!?」

「分からん……だが、何か当たった音だよな」

「うん……」

ガンツさんと話している間にも、更に「ガン！　ガンガン！」と立て続けに機体に何か当たる音がした。

「まただ!?　あ！　ガンツさん、あそこ！」

「ん？　ああ、あいつらの仕業か！」

ガンツさんと一緒に機体の下の方を見てみると、浮いている島の本島の方から、こちらに向かって、矢を放っている人達がいるのが見えた。

「なんで攻撃されてるの!?　ガンツさん、何かした!?」

「アホか！　さっきからただグルグル飛んでただけなのはお前も知ってるだろ！　それにこの機体には、武器になるようなものは装備していないぞ！」

なんて言い合いしている間にも、機体に矢が当たって「ガンガン！」と音を立てる。

「攻撃を止めてもらわないと、そろそろ機体がヤバいぞ!?」

ガンツさんの言う通り、この機体は軽いけど強度は高くない。金属じゃなくてスライム樹脂で作ってるからしょうがないよね。たとえ矢でも、射《い》られれば傷がついてしまうんだ。

その時「ミシミシ……」という嫌な音までし始めた。

機体のどこかに亀裂《きれつ》が入ったっぽい！　不時着《ふじちゃく》しないとやばそうな気がする。

でも離島は小さすぎて、不時着は無理。

かといって本島の方も、着陸できるような開けた土地がないんだよね。

となると……

「おい！　で、どうするんだケイン？」

「ガンツさん、ゴメンね」

「なんで謝るんだ？」

「とにかくガンツさん、ゴメンね……」

「だからどういうことだ、ケイン!?」

「だって、とにかく島に降りないとでしょ？　となると……」

俺がそこまで言うと、ガンツさんは機体が壊れるの覚悟で無理やり着陸しないとダメだと理解してくれたみたい。

「そういうことか。は〜……まあでもしょうがないな。分かったよ。じゃあ、いくぞ。舌を噛まないようにな！」

「うん、任せた！」

ガンツさんは機首《きしゅ》の向きを変え、空に浮かぶ島を目指して突っ込んでいった。

ドン！　バキバキ……ガサガサ……

そして……空に浮かぶ島の林の中に突っ込み、木々を倒しながら、なんとか機体を不時着させることができた。

機体は胴体だけになってしまって、機体が移動してきた林の中には、倒された木々や壊れた主翼の破片《はへん》が散らばっている。

俺とガンツさんはボロボロになった機体から、二人で島に降り立った。

「あいた～ケイン、怪我はないか？」

「ふぅ～なんとかね。でも、これだけじゃ済まないみたいだよ……」

俺は周りを見まわしながらそう言う。

島に降り立った俺達は、いつの間にか、槍を持った獣人達に囲まれてしまっていたんだ。

11　通訳しました

「なんでこうなったのかな？　ねえ、ガンツさん」

「ワシに言われても困るぞ、ケイン……」

ため息を吐く俺達の周りには、獣人達がいる。獣人達はみんな槍を構えていて、翼の生えた鳥系の獣人、猫系の獣人、犬系の獣人と多種多様な動物の姿をしている。

「ハァ～なんでこうなったのかなぁ～」

「どうする？　面倒事になりそうだから、ケインの転移ゲートで帰るか？」

ガンツさんが身も蓋もないことを言いだした。

「いやでも、せめて片付けてからじゃないとまずいでしょ。それに、せっかく作った複葉機なんだから、壊れたからって放棄してくのはいやなんだけど……」

ガンツさんとそんな会話をしつつ、ひとまず散らかった機体の破片を集めていく。

槍を構えた獣人達は、なぜか俺達の行動を何もしないまま見守っていて、俺が機体の破片をインベントリに収納すると、「オ～ッ！」とどよめいた。

え？　攻撃してきたのに敵意はないの？

不思議に思っていると、獣人の中から一人の少女が一歩前に出た。

獣人と人間っていう違いはあるけど、年齢は俺と変わらないくらいで、赤髪で活発そうな雰囲気の子だ。耳や尻尾の雰囲気からして、たぶん猫系の獣人なのかな？

「待たんね！」

猫獣人の少女が言ったのと同時に、大きな声がした。

「やめんね、プリシア！」

俺が声のした方を見たら、鳥系の獣人がいた。

急いで走ってきた様子で、ハァハァ言いながらも猫獣人の少女を厳しい声で呼び止める。

どうやらこの騒ぎを聞いて、たった今駆けつけてきたみたいだ。

「止めんといて！　村長。こん人達は怪しかったい！　絶対になんか隠しとっと」

「ていうか……え……？　あれ……？」

そしてこの状況以上に、俺は獣人達が話す言葉にびっくりしてしまっていた。

獣人達の言葉はなぜか、俺が前世で暮らしていた長崎県の方言にそっくりだったんだ。

「なんだ？　うまく聞き取れないんだが、こいつらは何を言っているんだ？」

当然ながら、ガンツさんは馴染《なじ》みがないみたいで首を捻っている。

というわけで、ガンツさんが慣れるまでは俺が通訳することにした。

なのでここから獣人達との会話は、全部俺が通訳してると思って眺めてほしい。

「……なるほどな、俺達が怪しいって言ってるのか」

「そりゃあ飛行機で島に突っ込んで、インベントリを使ったらそうなるよね……」

そう言った直後、ガンツさんがますます不思議そうに首を捻る。

「しかしケイン、なんでお前にだけ言葉が分かるんだ？」

「えっと……雰囲気で？」

「なんだ、それは。相変わらず非常識な奴だな」

ガンツさんと俺が会話している横で、獣人達も会話を続けている。

「よかけん、ウチが調べるって言うてるやん。やけんが村長は黙っとかんね（いいから、私が調べるって言ってるでしょ。だから、村長は黙ってて）」

「……よか。気い付けんね。プリシア（……分かった。気を付けてな。プリシア）」

プリシアと呼ばれた少女が、俺達に近付いてくる。その手には剣《けん》を構えていた。

「で、あんたらはなんしにここに来たとね？（で、あんた達は何しにここに来たの？）」

「あ～俺達はたまたまこの空に浮いている島を見つけて、興味を持ってやって来ました」

「嘘やね（嘘でしょ）」

「嘘じゃないよ……って言っても、証拠も何もないけどね」

「……」

プリシアは黙り込んでしまった。

まだ俺達を疑ってるみたいだけど、言い合ってても埒《らち》が明《あ》かないと思ったみたい。

「プリシア、戻り。確かにそん人達の言う通りたい。そん人達は悪かごと見えんし（プリシア、戻るんだ。確かにその人達の言う通りだろ。その人達は悪い人には見えないしな）」

「ばってん、怪しかもんは怪しか！（けど、怪しいもんは怪しいわよ！）」

「そんなら、村でゆっくり話ば聞けばよかたいね。どげんね？（それなら、村でゆっくり話を聞けばいいだろう。どうだ？）」

「………………」

村長さんらしき鳥系の獣人にそう言われても、プリシアは考え込むようにまた黙ってしまう。

「えっと……よかったらお邪魔させてもらってもいいですか？　落ち着いて話した方がいいかと思うので……」

「もう、しょんなかね……（もう、仕方ないわね……）」

俺が村長さんに言うと、プリシアが呟いた。どうやらいちおう、事を荒立てずに済んだみたいだ。

◇◇◇

というわけで、俺とガンツさんは村長さんに案内され、みんなの住んでいる村へ来た。

そして村の中でも大きい家に入ると応接間らしい部屋に案内され、テーブルセットの椅子に座るように促される。

俺とガンツさんの前にはプリシアと村長さんが腰かけた。

全員が座ったところで、村長さんが口を開く。

「さて、改めて話ばしてもろうてもよかね？（さて、改めて話をさせてもらってもいいかな？）」

「話って言っても、俺達の方の話はさっきと何も変わらないんですよね。たまたまこの浮いている島を見かけて寄っただけで……」

「なら、あんた達はどっから来んさったと？（なら、あんた達はどこから来たんだい？）」

「俺達はここから北の方にあるザナディア王国のシャルディーア領から来ました」

「ザナディア？　ん～どっかで聞き覚えのある国ばってん……あ！　そうや、確か商人のトッポが言うとった。最近、発展している国があると（ザナディア？　ん～どっかで聞き覚えのある国だけど……あ！　そうだ、確か商人のトッポが言ってたな。最近、発展している国があるらしいと）」

ちなみにガンツさんは獣人達の方言が分からないんだけど、獣人達の方は俺達の言葉が分かるみたいなんだよね。

ずっと変に思ってたんだけど、どうやらそのトッポっていう商人が俺達と同じ標準語（？）を話すらしいので、獣人達には俺達の言葉が分かるみたい。

でも自分達で話す時は、喋り慣れてる方言じゃないとスムーズに会話できないようだ。

村長さんが話を続ける。

「あんた達は本当にたまたまここに来たごたるね。でも、あの乗り物《もん》はなんね？　おい達ゃあげんとは見たこたなかばい。あいはなんね？（あんた達は本当にたまたまここに来たらしいね。でも、あの乗り物はなんだい？　私達はああいうものは見たことがないよ。あれはなんだい？）」

「ああ、あれは飛行機という名前で、人を乗せて空を飛ぶんです」

「ほう、ならおい達のごと羽のうしても空ば飛べるったい。凄かね（ほう、なら私達みたいに羽がなくても空を飛べるのか。凄いね）」

「ありがとうございます……それよりですね……」

今度は俺から、一番気になっていたことを村長さんに質問する。

「なんでこの島って、空に浮いているんですか？」

すると村長さんは困った様子でため息を吐く。

「そうや、もとはこの島も海の上におったとさ。そいが一週間くらい前に急に浮いてしもうて、こげんなったったい。まだ、誰もなんも分かっとらんとよ（そうだね、もとはこの島も海の上にあった。それが一週間くらい前に急に浮いてしまって、こんな状態になったんだ。まだ、誰も何も分かってないんだよ）」

「へ～、それは大変ですね」

「そいやけん、今も行商《ぎょうしょう》に来てくるるトッポには頭の上がらんと（それだからね、今も行商に来てくれるトッポには頭が上がらないんだ）」

つまり、この島では生活物資が枯渇《こかつ》していて、トッポという行商から確保してるってことか。

「この空に浮く島に来られるってことは、そのトッポも村長さんみたいな鳥の獣人なんですか？」

「そうたい。そうでなからんばこげんとこまで来れんたいね（そうだ。それでないとこんなところまで来てくれないさ）」

ん？　でも鳥系の獣人がこの島と地上を行き来できるってことなら、村長さんもこの島から脱出できるんじゃないかな。

まあこの島がもと通り、海の上に戻るのが一番いいんだとは思うけどさ。

疑問に思って聞いてみると、村長さんは悲しそうに首を横に振る。

「おい達ゃ、トッポみたいに遠かところまで飛ぶんは無理たい。それに高かところも飛ばれんけん。こん島の外に出たら戻ってこられんたい（私達は、トッポみたいに遠いところまで飛ぶのは無理だ。それに高いところも飛べないから。この島の外に出たら戻ってこられない）」

「そうなんですね。ところで、この島……島でいいんですよね？　名前を教えてもらえますか？」

「ありゃ、言うとらんやったね。こん島の名前は、ビアツタ島って言うとよ（ありゃ、言ってなかったかね。この島の名前は、ビアツタ島って言うのさ）」

「ビアツタ島……ガンツさん、知ってる？」

「いや、ビアツタ島というのは聞いたことがないな」

首を捻るガンツさん。

とりあえずビアツタ島が浮いた経緯は分かったけど、それ以外の情報は大して得られなかったな。

それに、島が浮いてるのと同じくらい気になってることがある。

なんで最初にプリシア達が俺達を襲ってきたのか、ってことだ。

けど俺達に話してるのは村長さんだけだし、プリシアはずっと黙ったままだし、で、なんとなく事情を聞きづらい。

まあ転移ゲートで帰ろうと思えば帰れるんだけど、いろいろ気になるからもうしばらく滞在してみようかな。プリシアと仲良くなったら、何か聞き出せるかも。

ちなみに、さっき話に出たトッポという行商の鳥系獣人が、しばらくするとこの島にやって来るらしい。

村長さんはそれまでここに滞在して、帰り方を相談したらどうかと提案してくれた。

そっか、村長さんは俺が転移ゲートを使えるって知らないもんな。

でもしばらくこの島に滞在したいって気持ちはあるので、ありがたく村長さんの提案に乗っかることにした。

転移ゲートのこととか話したら、「じゃあすぐ帰ればいい」とか言われるかもだし、しばらく黙っておこう。

「……あれ？」

なんて考えていると、不意に視界の隅《すみ》に籠《かご》に盛られた果実が目に入る。ラグビーボールのような形をしていて、大きさは十五センチメートルほどだ。

「これって、もしかして……」

「気になっとたい？　なら、好きなだけ見ればよかよ（気になるのかい？　なら、好きなだけ見ればいいよ）」

俺は立ち上がると籠の側に行き、果実を一つ取り出して確認する。

「やっぱり、これって……」

「なんね。なんか気になっとね（なんだい。何か気になるのか）」

「これって、どれくらいの量が収穫《しゅうかく》されるんですか？」

「どんくらいやろうね。その辺に生えとっとば適当に取ってきたもんやけんね（どれくらいかな。その辺に生えているのを適当に取ってきたものだからね）」

村長さんに教えてもらい、俺はガンツさんにヒソヒソと話す。

「ガンツさん、この果物、当たりかもよ。アンジェさんも喜ぶお土産になること間違いないよ」

「何!? それは本当か！」

「うん、絶対に喜んでくれるよ」

「じゃあ、あるだけ買っていこう！」

ガンツさんと一緒に喜んで、俺は早速村長さんに売ってくれるように頼んだ。そしたら……

「いや、売ることはできんとよ（いや、売ることはできないんだ）」

なんと、断られてしまった。

この島はお金が流通してなくて、物々交換で生活してるらしい。

島が空に浮く以前から、海で釣《つ》った魚を加工して日干《ひぼ》ししたものと、小麦粉や布などの生活必需品を交換して暮らしているとのことだ。

「じゃあ、俺達が交換する品物を用意したら、譲《ゆず》ってくれますか？」

そう言って交渉すると、村長さんが不思議そうな顔をする。

「そいはよかけど、自分らはなんも持っとらんたい。どがんすっとね？（それはいいけど、あんた達は何も持ってないだろう。どうするんだい？）」

「俺もガンツさんも職人ですから。何か村長さんの気に入るものを作ってみせますよ！」

「そいはよかね。じゃあ、それ次第で交換してやっけん（それはいいね。じゃあ、それ次第で交換してやるから）」

「絶対ですよ」

「よかよか、じゃあ休憩できる場所ば用意してやっけん、そこでトッポの来っとば待っとかんね（いいよ、じゃあ休憩できる場所を用意してやるから、そこでトッポが来るのを待ってればいいさ）」

「はい。ありがとうございます」

◇◇◇

そうこうして、俺達は村長さんの家を出た。しばらく歩いて、空き家になっていたのか、少し埃《ほこり》っぽい小屋に案内される。この小屋で寝泊まりしろということらしい。

村長さんが小屋から離れたのを確認して、俺は外に出てドローンを五百メートル上空まで飛ばす。

「うわぁ～、周りは見事に海ばかりだね。行商に来る人達ってどこから飛んでくるんだろうね」

「さあな。船で近くまで来てから飛んでくるんじゃないか？」

「そっか。そういう手もあるね」

「それより、さっきの果物は本当に手に入れられるのか？」

「ああ、それなら大丈夫だよ。つまりね……」

俺はそう言って、考えている計画をガンツさんに話した。

「なるほどな……よしケイン、そうと決まれば……って？」

ガンツさんと小屋の中に戻ろうとしたところで、いつの間にかプリシアが側に来ていた。

「え〜と、俺達に何か用なの？」

「お願い。ウチの……ウチの友達ば助けてほしかと！（お願い。私の……私の友達を助けてほしいの）」

「助ける？」

「どういうことなんだ？」

プリシアの突然のお願いに、俺もガンツさんもびっくりする。

ひとまずプリシアを小屋の中へ入れて、詳しい話を聞くことにした。

プリシアに、小屋に置いてあるテーブルセットの椅子に座ってもらう。

そしてガンツさんと俺は姿勢を正し、プリシアの話を聞く。

その話の内容は次のようなものだった。

◇◇◇

ビアツタ島が浮いてから島の外に出ることもできなかったので、プリシアは暇潰しに島の森の中を散歩していた。その途中、何やら聞いたことがない鳴き声を耳にする。

プリシアは鳴き声の方へと足を向けた。

しばらく歩いたところで、見たことのない生き物が体から血を流しているのを見つける。

その生き物はウサギだが、普通のウサギとは違って鹿《しか》に似たツノを生やしていた。

初めて見る不思議な生物にびっくりしつつも、とりあえず、血が出たままなのはまずいと思い、その生き物に近付こうとするプリシア。

『キュウ～！』

「な、なんね⁉（な、何よ⁉）」

血を流している生き物の周りには、仲間と思われる同じ外見のウサギが、遠巻きにして様子を見ていた。

彼らから威嚇《いかく》されてしまい、プリシアはなかなか近付くことができない。

「そがん警戒《けいかい》せんでよかとよ。ただ、血ば止めんばダメやけん。心配せんとウチに任せんね（そんなに警戒しなくてもいいのよ。ただ、血は止めないとダメだから。心配しないで私に任せて）」

プリシアは優しく言い聞かせる。

するとウサギ達は、プリシアが危害を加えないと理解したのか、警戒を弱めてくれた。

プリシアは血を流しているウサギに近付く。

『キュウ～』

ウサギは、悲しそうな鳴き声を上げた。

「なんかウサギに似とるけど、見たことのなか生き物ばい……ウチはこん島のことしか知らんけんね～。でも同じ生き物やし、血ば止めんばとは分かるたいね！　ごめんね、ちょっと見させてもらうけんね（なんだかウサギに似てるけど、見たことのない生き物ね……私はこの島のことしか知らないからな～。でも、同じ生き物だし、血を止めないとダメなのは分かるよ！　ごめんね、ちょっと見させてもらうからね）」

『キュゥ～』

「ん？　返事ばしたとね？　もしかして言葉の分かると？（ん？　返事をしたの？　もしかして言葉が分かるの？）」

『キュウ～』

プリシアが尋ねると、ウサギが嬉しそうに鳴く。

「へぇ～不思議かね。まあ、よかこったい。話の分かっとなら、ちょっと傷口ば見させてもらうけんね。痛かったらごめんね（へぇ～不思議ね。まあ、いいわ。話が分かるなら、ちょっと傷口を見させてもらうから。痛かったらごめんね）」

プリシアがウサギの毛をどけて傷を見ると、太ももに矢が貫通して血が流れていた。

「ひどかことばするとのおっとね⁉　痛かろうね。でも矢ば抜かんば、治すことはできんけん……もうちょっと我慢すっとよ（ひどいことする奴がいるわね⁉　でも矢を抜かないと、治すことができないから……もうちょっと我慢してね）」

『キュ！』

プリシアは矢を掴んで力を込める。

「抜くけんね。暴れんとよ！（抜くからね。暴れないでよ！）」

『キュッ！』

「よか返事たい！　えい！（いい返事ね！　えい！）」

『キュゥ～！』

『『『キュキュキュゥ～』』』

矢が刺さっていたウサギが、痛がって声を出す。すると仲間達が一斉に心配そうに鳴いた。

矢を抜いたことで、刺さっていた場所から血がたくさん出てきた。

だがプリシアは慌てずに、ウサギ達を安心させるように言う。

「もし血の勢いば止まらんなら、太か血管ば傷つけとっかもしれんけど、もう止まりそうやけん。大丈夫やよ（もし勢いが止まらないなら、太い血管を傷つけてるかもしれないけど、もう止まりそうだから。大丈夫だよ）」

『キュゥ～！』

『『『キュキュキュゥ～』』』

プリシアのおかげで助かったのが分かった様子で、ウサギとその仲間達は嬉しそうに鳴く。

「あとは、血止めばせんばとけど……あ、あったばい。これでよかたい（あとは、血止めをしないとだけど……あ、あった。これで大丈夫）」

プリシアは周辺に生えていた草の中から、血止めになるものをもぎ取る。

そして怪我をしたウサギの傷に当ててから、自分の着ていた服を破って包帯《ほうたい》代わりにした。

「うん、こいでよかたい。しばらくは動かれんかもしれんけど、我慢すっとよ（うん、これで大丈夫。しばらくは動けないかもしれないけど、我慢するのよ）」

『キュッ！』

怪我したウサギは元気を取り戻し、プリシアを見てお礼を言うように声を上げる。

「じゃあ、また来っけん！（じゃあ、また来るから！）」

『『『キュキュキュゥ～』』』

一斉に返事をするウサギ達を置いて、プリシアはいったんその場を離れた。

◇◇◇

「――ちゅうわけで、怪我ばしとうウチの友達ば助けてほしかと！（というわけで、怪我してる私の友達を助けてほしいの！）」

プリシアから事情を聞き、俺は首を傾げる。

「なら、村の人にも相談したらどうかな。村長さんとか、力になってくれる気がするけど」

「そりゃできんばい！　ウチ、聞いてしもうたけん……（それはできないの！　私、聞いちゃったから……）」

そう言って、プリシアは更に話を続けた。

◇◇◇

その後、生き物達がいる森を離れたプリシアは、村に戻って村長に相談しようと考えた。

村長の家に行くと、トッポと村長の二人が家の前でヒソヒソ話している。

「確かこの辺りに逃げ込んだはずなんだがな」

「もう遅かけん、別の日にせんね（もう遅いから、別の日にしなよ）」

「そうは言うけどな。やっと矢が当たって仕留めたヤツなんだぞ。このまま諦められるか！」

様子がおかしいと思ったプリシアは、隠れて村長とトッポの会話に聞き耳を立てる。

「そう言わんと。こん島に落ちたのが確かやったら、なんも心配せんでもよかやろ。こん島には荒らしてまわる獣の類《たぐい》はおらんとやけん（そう言わずに。この島に落ちたのが確かなら、何も心配しないでもいいだろ。この島には荒らしてまわる獣の類はいないんだから）」

「いや、でもな。せっかく撃ち落としたジャッカロープだぞ⁉　ジャッカロープのツノはとんでもない高値で売れるんだ！　これを逃すわけにはいかない」

「よかよか、おいが見つけておくけん（いいって、私が見つけておくから）」

話を聞いていたプリシアは、トッポがツノを生やしたウサギ――ジャッカロープに怪我をさせたのだと気付く。しかも村長もトッポと一緒に、ジャッカロープ達を捕まえようとしている様子だ。

「ツノば取るってなんなん？　可愛らしゅうて無害なんに、ツノば折らるるジャッカロープがかわいそうばい……（ツノを取るってなんなの？　可愛くて無害なのに、ツノを折られるジャッカロープがかわいそうよ……）」

プリシアは悔しい気持ちになり、村長達に聞こえないよう、小さく呟いた。

「しかも、トッポは撃ち落としたって言うたわね。ってことは、ジャッカロープ達は飛べるってこと？（しかも、トッポは撃ち落としたって言ったわね。ってことは、ジャッカロープ達は飛べるってこと？）」

村長とトッポは、プリシアの存在に気付かないまま会話している。

「トッポ、あんたは今日は帰らんね。暗《くろ》うなれば飛べんごとなるやろ？（トッポ、あんたは今日は帰りなよ。暗くなれば飛べなくなるだろ？）」

「チッ！　まあ、そうだな。今日はこのまま引き上げよう。村長、約束だぞ。次までに見つけておいてくれ」

「よかよか、おいに任せんね（大丈夫、私に任せてくれ）」

「じゃあな」

そんな会話をして、村長とトッポはその場を離れていった。

一人その場に残されたプリシアは、どうしたらいいか分からなくなった。

「とにかく、まずかことになったばい……あん子達が危なか！（とにかく、まずいことになったわ……あの子達が危ない！）」

プリシアはそれ以来、トッポや村長の動向に気を配り、ジャッカロープ達を守ろうとしてきたのだ。

◇◇◇

「そうだったんだね……話してくれてありがとう」

事情を聞き終えて、俺はプリシアにお礼を言う。

そしたらプリシアも勢いよく頭を下げた。

「ウチこそ、島ん来た時は攻撃ばしてゴメン！　あん時はトッポの仲間が来たと思うて頭に血が上っとったい。それで村ん仲間に言うて協力してもろうたと（私こそ、島に来た時は攻撃してゴメン！　あの時はトッポの仲間が来たと思って頭に血が上がっていたの。それで村の仲間に言って協力してもらったんだ）」

「そのことはいいよ！　俺達はこうして無事だったし。ところでガンツさん、さっきの話に出てきたジャッカロープって知ってる？」

「ああ。見た目はウサギで、頭には鹿のようなツノが生えているらしい。毛皮《けがわ》やツノや肉を目当てに乱獲《らんかく》が続いて、もう絶滅したって聞いてるぞ。ワシも生きている個体を見たことはない」

「へ～そんなに珍しい生き物なんだね」

「ばってん、ウチにとってはそがんと関係なかばい。大事な友達やけん！　怪我した子んことはジャロって呼んどっと（でも、私にとってはそんなの関係ないの。大事な友達だもん！　怪我した子のことはジャロって呼んでるの）」

「へ～プリシアとジャッカロープ達はそんなに仲がいいんだね。なら、トッポにどうにかされない前に早く助けに行ってあげないと！　うん、俺も協力するよ」

俺がそう言うと、プリシアは嬉しそうな顔になった。

「本当!?　嬉しか～！　ありがとうね（本当!?　嬉しい～！　ありがとうね）」

「うん、もちろんだよ！」

「……ってそういえば、まだあんたん名前も聞いとらんかったわね（……ってそういえば、まだあんたの名前も聞いてなかったわね）」

プリシアに言われて初めて気付いたけど、そういえば俺ってまだ名乗ってなかった。あとで村の人達にも伝えといた方がいいだろうな。

「俺の名前はケイン、八歳だよ。よろしくね」

今更かもだけど、改めてプリシアに自己紹介した。

「なんね、年下やったんね。ウチは十歳や。よろしゅうね（なんだ、年下だったんだ。私は十歳だよ。よろしくね）」

「……ん!?　ちょっと待って」

俺は慌ててプリシアを遮った。小屋の外に誰かが立っている影が見えたんだ。

窓から様子を窺うと、村長さんと見知らぬ鳥獣人が立っている。

「プリシア、早く隠れて！」

おそらくあの鳥獣人がトッポだと思い、プリシアにベッドの下に潜ってもらう。

それと同時に、小屋のドアが外から開いた。

「休んどるとこよかね？（休んでいるところいいかな？）」

小屋に入ってくるなり、村長さんがそう尋ねてきた。

「大丈夫ですけど、どうしました？」

「ほら、話しとったろ。行商のトッポが来たけん、紹介しとったがよかろうと思うてさ。トッポ、こっちがさっき話した客人たい。えっと……そういえば名前ば聞いとらんかったね（ほら、話していただろ。行商のトッポが来たから、紹介した方がいいだろうと思って。トッポ、こっちがさっき話した客人だ。えっと……そういえば名前を聞いてなかったね）」

「こちらこそ、名乗りもせずごめんなさい。俺はケインで、こっちのドワーフのお爺さんがガンツです」

「おいケイン、ワシをジジイ扱いするな」

俺とガンツさんがそんな話をしていると、トッポと呼ばれた鳥獣人が口を開く。

「ほう、この人達が……」

トッポは俺達を値踏《ねぶ》みするように、頭からつま先からまでジロジロ見てくる。

俺がムッとしていたら、トッポもそれに気付いたみたいだ。

「ああ、これは失礼した。いや、村長からあなた達を島の外に送るように頼まれたのでね。失礼かと思ったが、お二人の重さを確認したくて眺めてしまったんだ」

「「……」」

俺とガンツさんは黙って顔を見合わせる。

ジロジロ見られるのって、理由があっても気持ちいいものじゃないよね。しかもプリシアから聞いたところによると、トッポは善人ってわけじゃなさそうだし。

「そうですね……まあそっちの明らかに重そうなガンツさんはちょっと運べそうにないですが、ケイン君だけならなんとかなるかと」

トッポはそう言ってから、俺達にビアツタ島から出る方法を説明する。彼は俺をこの島から一番近い陸地にある国、ナーイに運ぶことはできるそうだ。

「そこにはいろんな国からの船が往来しているので、あなた達の国へ帰る手段も見つかることでしょう。ただ、船の手配までは面倒みきれませんがね」

「…………」

トッポの話を聞き、ガンツさんは黙ってしまった。

「だってよ。ガンツさん、どうする？」

「そういうことなら、こっちでも脱出手段を少し考えてみることにする。手配してもらった村長には申し訳ないがな」

ガンツさんがそう言うと、トッポは「フン！」と言って小屋から出て、空に飛び立っていった。

その姿を見て、ガンツさんが悪態《あくたい》をつく。

「なんなんだあいつは！」

「まあまあ、そう言わんと。あれでもおい達には必要な人やけんね。物資ば持ってきてくるる以上、従うしかなかっさ……（まあまあ、そう言わないで。あれでも私達には必要な人なんだ。物資を持ってきてくれる以上、従うしかないんだよ……）」

村長さん的には、トッポに頼らざるをえないのは複雑な心境みたいだ。

「とにかく、今後のことは二人でよう話してくれんね。こん小屋は自由に使《つこ》うてよかけんね（とにかく、今後のことは二人でよく話してくれ。この小屋は自由に使っていいから)」

「はい、ありがとうございます。ほら、ガンツさんも」

「ああ、ありがとうよ」

「よかよか。困った時はお互い様やけんね（いいのいいの。困った時はお互い様だからね)」

村長さんはそう言うと、小屋を出て自分の家へと歩きだした。

その姿を見送って小屋の扉を閉めると、なぜかプリシアが俺に飛びついて聞いてくる。

「ケイン、帰っとね？（ケイン、帰るの？)」

「ん？　まだ帰らないよ」

プリシアはなぜか寂《さみ》しそうな様子だ。

ガンツさんがニヤニヤしながらこっちを見ている。

「何？　ガンツさん」

「いや、別になんでもないぞ……それより、あのトッポとかいう奴だが、まったく信用できないな」

「え、なんで？」

「ワシとケインを引き離して、まだ子供のケインだけ連れていこうとしたのが気になった。しかも子供のケインに船の手配なんて無理と考えるのが普通だろ。親に手紙でも書いて迎えを待つ方がよっぽど現実的だ」

「それもそうだね……もしかして、俺をどこかに売り飛ばす気だったとか⁉」

「ありえるな……とにかく、あのトッポという奴の怪しさは限界突破だな」

ガンツさんは腕組みして難しい顔で言った。

俺はそんな可能性に全然気付かなかったから、ガンツさんに感謝だな。

「へ～ガンツは単なる爺さんじゃなかとね。いやぁ感心ばい！（へ～ガンツは単なる爺さんじゃないんだ。いやぁ感心しちゃった！）」

俺とガンツさんのやり取りを聞いていたプリシアが何気に失礼なことを言うと、ガンツさんはさっき俺にもお爺さん扱いされたせいか、「もう、なんとでも言え！」と完全に拗ねてしまった。

12　仲良くなりました

それから俺とガンツさんは、プリシアといつジャッカロープ達を助けに行くか、話し合った。

トッポに頼っている村長さんに見つかるとまずいかもしれないので、とりあえず人目につかない夜に決行することに決める。

そしてプリシアが帰っていったところで、ガンツさんに相談する。

「ねえガンツさん、しばらく帰れなそうだけど、アンジェさんに言っておいた方がよくない？　また浮気って言われるかもよ？」

「うっ……そうだなケイン。このままだと、またアンジェにどやされるかもな」

というわけで俺とガンツさんは転移ゲートを潜り、いったんアンジェさんとリーサさんのいるドワーフタウンの保育所に向かう。

「おかえりなさい二人とも。それでどこまで行ったの？」

ちょうど玄関にいたアンジェさんが、俺達を迎えてくれた。

「その前にメシを食わせてくれ。腹が減ってしょうがない」

「あら、そうなのね。じゃあ、あとでちゃんと聞かせてね」

「ああ、分かった」

アンジェさんに案内され、保育所の一室で昼食をごちそうになる。

「ふぅ～やっと落ち着いた。朝メシ食べてから、飲まず食わずだったからな」

「ごちそうさま。美味しかったです」

実は空に浮かんでから、ビアツタ島では物々交換するものがなくなってしまったようで、俺達に分け与える食事はないみたいだった。

そのくらい困ってるから、村長さんはトッポの言うことを聞くしかないってことなんだろうな。

でもビアツタ島の人達には隠してるけど、俺達には転移ゲートがあるから、ご飯はこうやって地上に戻って食べればいい。

でも俺としては、プリシアや村の人達が無事にビアツタ島ごと地上に帰れるようにしてあげたいな～。早く島に戻って、浮いている原因を探してみないとだ。

俺がボーッとしてたら、アンジェさんとリーサさんが聞いてくる。

「それで、どこまで行ったのかしら？」

「そうだぞ、ケイン。潮《しお》の匂いがするから海の近くなのは推測できるが……」

「いや～それがね……」

俺はアンジェさんとリーサさんに、複葉機で飛び立った後の経緯を話してから、しばらくビアツタ島に滞在することになりそうだと伝えた。

「まあ！　ジャッカロープって、あのジャッカロープなの!?」

話がジャッカロープのことになったら、アンジェさんが食いついてきた。

「ジャッカロープなら私も見てみたいわ！」

アンジェさんはテンション高く言いながら、俺をジッと見つめる。なんか、圧が凄い。

つまり、ビアツタ島に連れてってほしいということだよね？

「う～んそうですね、落ち着いたら行ってみます？」

俺が提案したら、アンジェさんは食い気味に「ホント！　ケイン君、いい？　約束よ？」と言ってきた。

「おいおい、アンジェ。それはほぼ脅迫じゃないのか？」

そう言ったガンツさんをキッとアンジェさんが睨む。

「いいの。ガンツは黙ってて！」

「いや、しかし……」

「だって、ジャッカロープなのよ！　ジャッカロープなんて、おとぎ話の中でしか聞いたことないのよ！　もしそれが本当に見られるのなら……ああ、もう楽しみでしかないわ。今日は寝られるかしら～」

「「……」」

有頂天《うちょうてん》なアンジェさんの様子に、ガンツさんは呆れている。

女性って何歳になっても、可愛いものが好きなのかな～。

◇◇◇

ご飯を食べ終わって転移ゲートを潜ってビアツタ島の小屋の中に戻ると、その瞬間、扉が勢いよく開けられた。

「どうしたの、プリシア？」

「こいば届けに来たったい（これを届けに来たの！）」

開いた扉の向こうに立っていたのはプリシアだった。その手には、果物がいっぱいに盛られたお皿を抱えている。

「お昼ば食べとらんやろうと思うてさ……ん？　もしかして、いらんかった？（お昼を食べていないだろうと思って……ん？　もしかして、いらなかった？）」

「あ～、お昼ご飯は、なんとか済ませたから大丈夫だよ」

「……そうね（そうなんだ）」

プリシアの表情が見るからに沈み込む。

「ハァ～ケイン、そうは言ってもありがたくもらっておけ。プリシアよ、わざわざすまないな。ありがたくいただこう」

「よかよ、はい！（いいよ、はい！）」

ガンツさんがプリシアからお皿を受け取った。

そっか、せっかく持ってきてくれたのに悪いよね。

気まずくなった俺は、話題を変えようとプリシアに聞く。

「ところでさ、プリシアの家はどこなの？　近くなの？」

「………」

なぜか無言になるプリシア。

「どうしたの？　プリシア？」

「ウチの家は……他の島やけん（私の家は……他の島だから）」

「ってことは、この島には家がないってことなの⁉」

「そうたい（そうよ）」

びっくりして聞いたらプリシアが頷いたので、更に質問する。

「そうたいって。じゃあ、寝る場所はどうしてるのさ」

「寝るのはジャロ達と一緒たいね。やけんが、寂しゅうはなかとよ（寝るのはジャロ達と一緒だからね。だから、寂しくはないの）」

「でも……家族とは離れ離れってことだよね？　心配じゃない？」

「そりゃ心配やけど、こげん状況じゃどうしようもなかたいね（そりゃ心配だけど、こんな状況じゃどうしようもないのよ）」

「それはそうだろうけど……」

そういえば、ビアツタ島があった真下の海にはたくさんの島があった気がする。あの島の中にプリシアの家族がいるってことだよね？

ジャッカロープ達のこともだけど、これはビアツタ島のこともほっとけないな。

できればなんとかしてあげたいところだ。

「ねえ、もしかしたらやけど、どげんかでくっと？（ねえ、もしかしたらだけど、どうにかできるの？）」

考え込んでいる俺の顔を覗き込みながらプリシアが聞いてくる。

「そうね……分かったばい。でも、期待しとるけんね！（そっか……分かったわ。でも、期待してるから！）」

「う～ん、どうかな～」

「う、う～ん、どうだろ。期待されすぎても困るんだけど」

俺が焦っていたら、プリシアが両手を腰に当てて笑顔で言う。

「なんね！　あげん不思議か乗り物に乗ってきたとやけんが、どげんかでくっとやろ⁉　うんうん、ケインならできったい！（何よ！　あんな不思議な乗り物に乗ってきたんだから、どうにかできるんでしょ⁉　うんうん、ケインならできるよ！）」

そう言った後、なぜかハッとした顔になるプリシア。

「ん？　でも、もし島ば浮いたままなら、ケインも帰れんとたいね。もし、そうなったら……（ん？　でも、もし島が浮いたままなら、ケインも帰れないんだよね。もし、そうなったら……）」

「なったら？」

「……な、なんでもなか！　じゃあ、また暗《くろ》うなってから来ったい！（……なんでもない！　じゃあ、また暗くなってから来るから！）」

プリシアはなぜか顔を赤くして、小屋から出ていった。

「どうしたんだろうね。ねえ、ガンツさん」

「ハァ～まったくお前は鈍感《どんかん》だな……」

ガンツさんが何を言ってるのかよく分からないけど、とりあえず俺は少しずつ考え始めていたこの島でのモノ作りについて、ガンツさんに相談することにした。

「ガンツさん、夜まで時間があるし、せっかくだから俺のアイディアを聞かない？」

「おっ、その顔は何か思いついたのか？」

そう言ってニヤリと笑うガンツさん。

「実はね……製塩《せいえん》、製糖《せいとう》、発酵《はっこう》、乾燥の魔道具を作りたいんだ」

「ずいぶん多いな？　そんなもん作ってどうするんだ？　特に発酵の魔道具は、作り方の想像がつかん」

「それはね、ちょっと考えているのがあってね……」

俺はガンツさんに、密閉《みっぺい》型の箱を使って、自己流魔法陣の力で箱の中の時間だけを進ませることで、発酵を促す魔道具を作れないか考えていると話す。

「ほう、密閉空間の中でだけ時間を進ませるのか……ん？　んん？　もしかして、それができれば……樽《たる》に入れたウイスキーの熟成も……」

「ま、まあ……そうかもね。早く完成するかもね」

そう言った途端、ガンツさんが俺の肩をガシッと力強く掴んで揺すってくる。

「そんな魔道具のアイディアがあるのなら、なんでもっと早く作らないんだ！」

「ちょ、ちょっとガンツさん落ち着いて！」

俺が大きい声を出すと、ガンツさんがハッとした顔になって手を離す。

「ハァハァ……すまん、つい取り乱した」

「もう、お酒が絡むと怖いなぁ……」

ガンツさんの勢いに引いていたら、ガンツさんはいじけた感じでブツブツ言い始めた。

「だけど、ケインも悪いぞ。そんなことができるんなら、意地悪せずにさっさと作ってくれてもいいだろう」

「いやガンツさん、作るも何もまだ構想中だって言ったでしょ⁉　だから、完成するかどうかはまだ分からないの！」

「すまん……でも、ぜひ作ってくれ！　頼む、この通りだ！」

ガンツさんが土下座して俺に発酵の魔道具を作ってくれと懇願《こんがん》してきた。

「も～、ガンツさん。分かったから顔を上げてよ。それとガンツさんも、ちゃんと作るの手伝ってよ」

「おう！　酒のためならなんだってやるさ！」

「ハァ～、も～調子いいんだから」

「ほら、何からやるんだ⁉　さっさと材料を出してくれ」

「はいはい……ったく」

　というわけで、魔道具作りを始めて数時間後。

「ほら、ケインできたぞ。これならどうだ？」

「ちょっと待ってよ。これで……こうして、こうなって……こうかな。よし。とりあえず、できたかな。ガンツさん、いいよ」

「よし、じゃあ合わせるか」

　完成した時間を加速させる魔道具を、ガンツさんが作った正方形の箱の蓋《ふた》の裏に取りつける。箱の素材はステレンス、大きさは一メートル四方くらいだ。

「まずは気密性の確認をしないとね」

　俺は箱の蓋を閉めると、中に魔法で水を溜める。

「水は漏れてないみたいだから、気密性は大丈夫と……」

　次は魔法で箱の中の水を加熱して熱湯にすると、そのあとで箱の蓋の内側につけた時間を加速させる魔道具で、時間が三時間進むように設定し、蓋を閉める。

　しばらくすると「チ～ン！」という音が鳴った。

「あ、終わったみたいだね」

「なんか陳腐《ちんぷ》な音だな」

「もう、そういうツッコミはいいから！　それよりほらガンツさん、確認してみてよ」

　蓋を開けると、ガンツさんがおそるおそるお湯の中に手を入れる。

「熱っ……くない⁉」

「え？　じゃあ、成功？」

「まあ待てケイン。単に箱の保温性の問題でお湯が水になっただけかもしれんぞ」

「え～まさか。そんな早くお湯が水になるわけないじゃない」

と言いつつも、念のため、他の方法でも確認してみることにする。

箱の中の水をインベントリに収納すると、次にプリシアからもらった果物を一つだけ取り出す。

「ガンツさん、今度はこの果物が腐《くさ》るかどうか実験してみようよ。ほら、ガンツさんも入れる前の状態をよく確かめて！」

「む～、これは新鮮な果実だな」

ガンツさんが果物をしっかり観察し終えたので、箱の中に果物を入れた。

「じゃあ、今度は進める時間を三十日にして……ん、これでよし！」

そして箱の蓋を閉めてから五分ほど経つと、「チ～ン！」と音が鳴る。

「ガンツさん、開けて！」

「なんでワシなんだ。ケインが開ければいいだろ」

「なんで俺が？」

「なんでって……お前の実験だろうが。なら、お前が開けるのが当たり前だろう！」

「え～何、その理屈！」

「「…………」」

二人で言い合った後、しばらく無言で睨み合っていると、今度はガンツさんが先に口を開いた。

「とにかくだな、お前が果実を入れ、お前が蓋をした。なら、お前が開けるのが道理だろうが！」

「え～なんで？　俺が蓋をして閉めたんだから、今度はガンツさんが開けるべきだよ。こういうのは順番なんだから！」

「はぁ？　いやいやいや、ケインよ。自分で言っていることが分かっているのか？」

「ガンツさんこそ、変だよ。さっきから、何を言っているのさ！」

「「…………」」

俺とガンツさんが再び睨み合っていると、小屋の扉が開かれ、プリシアが顔を出す。

「ケイン、迎えに来たばい……ん？　なんね、こいは？（ケイン、迎えに来たよ！　……ん？　なんなの、これは？）」

「「あ！」」

俺達が止める間もなく、プリシアは箱に近付いて無造作《むぞうさ》に蓋を開けてしまう。

それと同時に小屋中に広がった腐敗臭《ふはいしゅう》をモロに嗅いでしまう俺達。

「「「クサ～ッ!!」」」

全員で叫び声を上げてしまった。

すぐに小屋の扉と窓を全開にして、箱の中の腐った果実をインベントリに放り込むと、同時に箱の中に『クリーン』の魔法を掛ける。

「やってくれたな、ケイン……三十日は設定が長すぎだろう！」

「そんなことより、実験は成功だよガンツさん！　お酒の熟成ができるね」

「ふ、ふん！　そんなことで誤魔化されんぞ」

ガンツさんはそう言ってプイとそっぽを向きつつも、実は嬉しそうな雰囲気だった。

「あ！　そんなことより、プリシアはなんでここに来たの？」

悪臭がなんとかなったところで、プリシアに確認した。

「あ！　そうやった……ほら、ジャロ達ば助けてほしかって言うたばい！　夜になったけん行くばい！（あ！　そうだった……ほら、ジャロ達を助けてほしいって言ったじゃん！　夜になったから行くよ！）」

「あっ、もう夜か！　ほら行くよガンツさん……って、え？」

「ワシは留守番《るすばん》しとくよ。これの確認もあるしな」

そう言って、ガンツさんは発酵の魔道具に頬《ほお》ずりしながら、ニコニコしている。

動物達が困ってるのにお酒優先なんだ。ハァ～最低。とは思うけど、さっき臭い思いをさせちゃったしな。

お詫《わ》びも兼ねて、インベントリから片手で抱えられるサイズの小さな酒樽《さかだる》を取り出す。

「分かったよ。じゃあ、これを置いていくから」

「おお！　分かってるじゃないか。それだよ、それ！」

今度は酒樽に頬ずりしているガンツさんに発酵の魔道具の使い方を説明し、「時間経過は長くても十年くらいにしてね！」とお願いして、プリシアと一緒に小屋を出た。


しばらくして森に着き、暗い中を歩いていると、そのうち足下が見えなくなってきた。

そこでインベントリからゴーグルを取り出し、暗視《あんし》モードにして装着する。

「ケイン、なんばゴソゴソしよっとね？（ケイン、何をゴソゴソしてんの？）」

バレないようにインベントリを使っていたつもりだったけど、プリシアには見えてたみたい。

真っ暗なのに凄いな～と思い、聞いてみる。

「プリシアって、夜でもよく見えるんだ」

「そりゃそうたい。というか、ウチにしたらまだ明るか方やけんね？　で、そいはなんね？（そりゃそうよ。というか、私にしたらまだ明るい方だからね？　で、それはなんなの？）」

「これ？　これはゴーグルだよ。ちょっとした光源《こうげん》を増幅《ぞうふく》して、夜でも昼間と同じくらい視界が明るくなるんだ」

「へ～人族の子はそがんとばせんばったい。ちょっと不便かね（へ～人族の子はそんなことをしないとダメなんだ。ちょっと不便だね）」

そんな会話をしつつ、プリシアと森を歩いていく。

「それより、結構進んだと思うけど、ジャッカロープの住み家はまだ遠いの？」

「もう少したい。ほら、見えてきたばい（もう少しだよ。ほら、見えてきた）」

プリシアの後ろを歩きながら藪の中に分け入っていくと、木々がなくなり、草だけが茂っている開けた場所に出た。

するとそこにはプリシアが言っていた通りの鹿のツノの生えたウサギ達がいて、俺のことを警戒心丸出しの目で見てくる。

「心配せんでもよかばい！　こん子はケイン。みんなば助くるとば手伝うてくるるけんね（心配しないでもいいよ！　この子はケイン。みんなを助けるのを手伝ってくれるからね）」

「うん、よろしくね」

俺は挨拶しながら手をジャッカロープ達の前に差し出して、匂いを嗅いでもらう。

ジャッカロープ達はスンスンと鼻を鳴らすと『『……キュッ！』』と一斉に鳴く。

表情を見た感じ、危険じゃないと分かってくれたみたい。

「ほら。やけん、警戒せんでもよかって言うたやん！（ほら。だから、警戒しないでもいいって言ったでしょ！）」

プリシアがなぜか得意げにジャッカロープ達に言った。

「あっ、そういえば怪我している子はどこなの？　確か、ジャロとかいう……」

「あ～、そうやった！　ほら、ジャロの様子ば見に来たとやけんが、みんなちょっとどかんね

（あ～、そうだった！　ほら、ジャロの様子を見に来たんだから、みんなちょっとどいて）」

さっきとは違い、俺に興味津々な様子で寄ってくるジャッカロープ達をかき分けて進むと、草むらの奥に、横になっている一羽？　一匹？　のジャッカロープがいた。

「この子がジャロ？」

「うん、こん子たい……ケイン、どがんね？（うん、この子だよ……ケイン、どうかな？）」

「ちょっと見せてもらうね」

俺は矢で射られたというジャロの足を軽く持ち上げる。

だけどゴーグルをつけていても、詳しい様子はよく分からなかった。

「ん～？」

「何？　悪かと!?（何？　悪いの!?）」

「いや、そうじゃなくてね……」

プリシアに事情を説明しようとした時、突然声がする。

「こっちばい！　確か、こっちん方に来たごたる（こっちだ！　確か、こっちの方に来たみたいだ）」

これ……村長さんの声じゃないか？

「……プリシア、聞こえた？」

「うん。後ばつけられたごたるね（うん、後をつけられたみたいね）」

「このままじゃやばいから、ちょっと隠れようか」

「隠れるってなんね？　こん子達はどげんすっとね⁉（隠れるってどういうこと？　この子達はどうすんの⁉）」

「心配しなくても大丈夫。ほい！」

俺はガンツさんのいる小屋へ繋がる転移ゲートを出した。

「ん？　ケイン、もう用事は済んだのか？」

転移ゲートを繋いだら、酒樽に抱きつきながらべろべろになっているガンツさんがいた。

「……うっ、酒臭っ！」

「なんね、ガンツは酔っぱろうとっと？　ってか、こいはなんね？　なんでケイン達ん小屋が見えると？（何よ、ガンツは酔っぱらってるの？　ってか、これ何⁉　なんでケイン達の小屋が見えるの？）」

「いいから、早く入って！　ほら、お前達も入って！」

『『キュキュキュゥ～』』

転移ゲートのことを説明している暇はないので、とりあえずゲートを潜ってくれるようにプリシアを急かす。

ジャッカロープ達も一緒に潜るように促し、ジャロは俺が抱えて運んで、全員小屋に避難したところで転移ゲートを閉じた。

酔っぱらったガンツさんが、たくさんのジャッカロープでいっぱいになった小屋の中を見渡しながら、呑気に言う。

「おう、ずいぶん小屋が狭くなったな～。ふ～ん、こいつらが例のジャッカロープなんだな」

『『『キュキュ？』』』

するとジャッカロープ達が、お酒臭いガンツさんと、ガンツさんが抱えている酒樽になぜか興味を示し始める。

ガンツさんはそれに気付き、酔っぱらった勢いのせいか、ジャッカロープ達に話しかけた。

「おう、この酒が気になるか？」

『『『キュッ！』』』

「そうか、飲みたいか？」

『『『キュキュッ！』』』

「よし。ほら、お前達も飲め！」

『『『キュキュキュウ～』』』

「あ！　ガンツさん！」

俺が止める間もなく、ガンツさんはジャッカロープ達にお酒を飲ませてしまった。

『『『キュキュキュウ～♪』』』

小動物にお酒とかやばいんじゃないの!?　って思ってたけど、ジャッカロープ達は喜んでいるみたい。

まあ動物っていうか魔物だから、大丈夫なのかな？

「ガンツは放っといてよかけん、ジャロば見てくれんね（ガンツは放っといていいから、ジャロを見てよ）」

「あ！　そうだった。えっと……」

プリシアに促されて、ジャロをささっとテーブルの上に乗せ、部屋の灯りの下で傷口を観察する。

「うん、化膿《かのう》はしてないみたいだし、このまま傷口を塞《ふさ》いでも問題なさそうだね。でも、念のために傷口を消毒してからにしようかな……『クリーン』からの『ヒール』」

ジャロの傷口周辺を『クリーン』の魔法でキレイにした後に、『ヒール』で傷口を塞ぐ。

ジャロは何が起きたのか分からないという感じだった。しかし足の違和感がなくなったのか、テーブルの上に立ち上がると周りを見まわし、怪我していた足の様子を見るように、軽くトントンとつま先でテーブルを蹴る。そして痛みがないのが分かったようで、嬉しそうな顔になった。

『キュッ！　キュキュウ〜！』

痛みを取ったのが俺だと分かったのか、ジャロは俺に顔を近付けると頬をペロペロと舐《な》めてくれる。

「ふふふ、くすぐったいよ。でも、もう大丈夫なんだね。怪我が治ってよかった」

『キュッ！』

「ケイン、ジャロはもう平気なん？（ケイン、ジャロはもう平気なの？）」

「うん。この子もそう言ってるみたいだし、大丈夫だと思うよ」

「そっか……よかったあ～！　ケイン、ありがとう！　ばり好き！（そっか……よかったあ～！　ケイン、ありがとう！　大好き！）」

そう言っていきなり抱きついてくるプリシア。

「え、ええ～!?　す、好きって……」

俺が動揺していると、プリシアが慌てて手を離した。

「ち、違うばい。そがん意味やなかけんね！　ジャロば治してくれて嬉しかってだけやけん（ち、違うよ。そういう意味じゃないからね！　ジャロを治してくれて嬉しいってだけだから）」

「あ、そ、そう……？」

今度はそっぽを向いたプリシアを見て戸惑っていたら、ガンツさんがいきなり言う。

「おいケイン、取り込み中すまんが、アンジェからだ。あいつらをこっちへ呼んでくれ。今は、ワシの家にいるそうだから」

「え？　ええ～？　何、ガンツさん。いつの間にアンジェさんと電話してたの？」

「いいから、早く！」

何がなんだか分からないうちにガンツさんに促され、俺はガンツさんの家のリビングに転移ゲートを繋げた。その瞬間、誰かが飛び込んできた。

13 モフりました

飛び込んできたのは、もちろんアンジェさんだった。

そういえば、ジャッカロープに会いたいって言ってたもんな。だからガンツさんは電話してたのか。

「キャ～何これ！　フワフワのモフモフ……」

『『キュウウ～♪』』

アンジェさんはいきなり群れの中にダイブし、ジャッカロープ達を抱きしめてそのモフモフさを堪能《たんのう》する。

そんなにいきなり抱っこしたらジャッカロープ達がびっくりするんじゃ……と思ったけど、お酒の時と同じく、なぜか嬉しそうだからいいか。

アンジェさんの後から、ゆっくりとリーサさんもゲートから出てきた。

「ほう、これが件《くだん》のジャッカロープなのか？」

そう呟いたと思ったら、リーサさんまでアンジェさんと一緒にジャッカロープ達を抱きしめてモフモフを堪能し始める。

「はぁ〜癒《いや》されるう〜」

『キュ〜♪』

リーサさんだけじゃなくジャッカロープの方も、抱っこされるのが癒しになるのかご満悦《まんえつ》の様子だ。

「ねえ、ケイン。こん人達はなんね？　どっから来たとね？（ねえ、ケイン。この人達は何よ？　どこから来たの？）」

呆気《あっけ》に取られていたプリシアが、もっともな質問をしてくる。

「えっと……こっちのドワーフの女性がアンジェさんで……ガンツさんの奥さんね。で、横のエルフの女性がリーサさん」

「…………」

プリシアはリーサさんを見つめ、なぜか急に面白くなさそうな顔になった。

も〜、さっきからわけが分かんないんだけど？

「ふん！　またニブチンを発揮してるな、ケイン」

酒樽を片手にガンツさんが俺に絡んでくると、その隣にはさっきまでジャッカロープ達をモフっていたはずのアンジェさんがいつの間にか立っていた。

「……ガンツ、出して！」

アンジェさんが怖い顔でガンツさんに向かって手を出した。

「え？　なんのことだ？」

「ガンツ！」

「……はい」

とぼけていたガンツさんだが、アンジェさんの迫力に負けておとなしく酒樽を差し出す。

お酒好きな種族のドワーフなだけあって、アンジェさんも大好きなんだよね。

アンジェさんは酒樽の栓を開けて匂いを嗅ぎ、うっとりした様子で言う。

「ふ～ん？　今までの蒸留酒とはまた違った匂いね。なんて言ったらいいか……」

「芳潤《ほうじゅん》……」

「そう、それ！　まさしくそんな感じよ」

ガンツさんが横から言うと、アンジェさんがまさにそれだと相槌《あいづち》を打つ。

「さすが、夫婦だね～」

ガンツさん達のやり取りにそんな感想を漏《も》らすと、プリシアが俺の袖《そで》を引っ張って大きな声を出す。

「ケイン、そがんことより、こん子達ばどうすっとか考えてくれんね！（ケイン、そんなことより、この子達をどうするのか考えてよ！）」

「あ、そうだった……」

アンジェさんが乱入してきてから状況がしっちゃかめっちゃかで、何をするか完全に忘れてたよ。

とりあえずジャロの怪我は治せたから、あとはジャッカロープ達全員が安全に暮らせるように考えなきゃ。

「まずは追いかけてくる連中をどうにかするのが先だけど、この際だから、この子達が安全に暮らせるための道具を用意しようか」

「そがんことのできっとね？（そんなことができるの？）」

「大丈夫、まあ見といてよ」

まずはインベントリからアンクレットの材料になる真鍮《しんちゅう》を取り出し、ジャッカロープ達の足首に装着できるようにサイズを調整する。

「よし、じゃあ、こっからは集中するから……驚かないでね」

「え？　なんね、なんばすっと？（え？　なんなの、何をするの？）」

「え〜と、ちょっと何も反応できなくなるから、じゃあ……ちょっと放っといてね」

「……？」

微妙な顔になるプリシアを放置して、魔法で「えぃっ」とアンクレットを次々に量産していく。

「おい……ケイン、もうそのくらいでいいだろ」

「え？　ああ……」

ガンツさんに止められて我に帰ると、俺の足下にはアンクレットが山積みになっていた。

「ケイン、これってなんなん（ケイン、これってなんなの？）」

「これはね、お守《まも》りみたいなものかな」

そう言って、俺はプリシアにアンクレットに付与した魔法を説明していく。

「まずは自動障壁《しょうへき》。これで今回みたいな怪我をすることはなくなるよ。それに自動回復。これで万が一怪我をしても、ちょっとしたものならすぐに治るから。更に、自動反撃！　まあ反撃といっても攻撃をするわけじゃなく、相手にちょっとした呪《のろ》いを発生させるだけだけどね」

「ちょっとした呪い？　なんねそいは？（ちょっとした呪い？　なんなのそれは？）」

「別に命に関わるようなことじゃないよ。タンスの角《かど》に足の小指をぶつけるようになるくらいかな」

「え……そいはどんくらい続くとね？（え……それはどのくらい続くの？）」

「さあ……その人が心から反省するまで解除はされないよ」

「ええ、ばり嫌なんやけど……（ええ、めっちゃ嫌なんだけど……）」

プシリアがもの凄く嫌そうな顔をしている横で、ガンツさんがニヤニヤしながら言う。

「相変わらず、ぶっ飛んでるな」

「そうかな……へへへ」

「褒《ほ》めとらんわ！」

照れ笑いしてたら、ガンツさんに思いっきり突っ込まれてしまった……って、こんなことしてる場合じゃなかった。早くアンクレットをジャッカロープ達につけてあげないと。

というわけでガンツさん達と手分けして、ジャッカロープ達にアンクレットを装着していく。

「よし……じゃあ、魔力を流してくれるかな」

『『キュキュキュゥ～』』

なぜか俺の言葉が分かるらしいジャッカロープ達が、自分のアンクレットに魔力を流す。

するとジャッカロープ達が一斉に光り始めた。

「な、何⁉　なんが起こっとうと⁉（な、何⁉　何が起こってるの⁉）」

「大丈夫、これで効果が発動したから」

プリシアにそう説明しているうちに、ジャッカロープ達の発光はだんだんと収まっていく。

その時、突然、小屋の扉が「ドンドンドン」と乱暴に叩かれた。

「ちょっと、客人！　よかね？（ちょっと、客人！　いいかな？）」

げっ、村長さんの声だ。

プリシア、ジャッカロープ、リーサさん、アンジェさん、それに酔っぱらったガンツさんまでいるし、見られたらまずい！

俺は慌ててインベントリにたまたま入ってた衝立《ついたて》を出し背後に広げると、ジャッカロープ達がいる部屋の半分を隠し、防音の魔法を発動させてから扉を開く。

「こんな時間になんですか？」

ドアを開けると、そこには村長さんが立っていた。村長さんの後ろには、他の村人達も一緒にいる。

明らかにただごとじゃないのに、村長さんは平気な顔で聞いてくる。

「いやね、客人に聞くことでもなかとばってん。プリシアのおらんごとなってさ。客人とも話ばしよったけん知らんとかなと思うてさ（いやね、客人に聞くことでもないんだが。プリシアがいなくなってしまってな。客人とも話をしていたから、知らないかなと思ってね）」

やっぱり村長さんは、プリシアとジャッカロープの行方を探してるみたいだ。

「プリシアですか？　森の中で暮らしてるって聞きましたけど、そこにいるんじゃ？」

とりあえずとぼけたら、村長さんがしつこく聞いてくる。

「そうさね。やけんが、かわいそうかと思うて誰かんとこで保護してやらんばと思うてさ。そいで、探しよったとばってんが、見つからんとさ。なんか知らんね？（そうだ。だから、かわいそうにと思って誰かのところで保護してやらねばと思ってな。それで探していたんだが、見つけられなくてさ。なんか知らないか？）」

「なんだ？　何を話しているんだ？　まったく」

「⁉　ガンツさん⁉」

俺がなんて答えようか困っていると、いきなりガンツさんが衝立の奥から現れた。

いや、なんで今出てきちゃうわけ⁉　と、俺が動揺していると、なぜかガンツさんは村長さんの腕をがっちりと掴み、小屋の中に引っ張り込んだ。

「な、なんね。なんばすっとね（な、なんだ。何をするんだ）」

「いいから、ほれ。座れ」

びっくりしている村長さんの反応を無視して、無理やり小屋の床に座らせるガンツさん。

他の村人達も、なぜか村長さんと一緒にぞろぞろと小屋の中に入ってきた。

「座って、飲め！」

ガンツさんは村長さんの前に、酒樽を差し出す。

「飲めって？　⁉……まさか……こいは！（飲めって？　⁉……まさか……これは！）」

村長さんは匂いで樽の中身が酒と気付いたようで、目を輝かせた。

物々交換が主流なこの島では、どうやらお酒が貴重品みたいだ。

「分かったんなら、他の奴らも立ってないで座れ。ほれ」

「よか。自分らも座らんね（ああ。お前達も座れ）」

「「は、はぁ」」

ガンツさんと村長さんに促されて、他の村人達も一緒に床に座り、いつの間にかガンツさんが用意したコップを受け取って、酒樽から酒を注《つ》がれる。

全員がいきなりこの状況を受け入れてるのにびっくりだけど、まあそれだけお酒が貴重品ってことなんだろうな……

「よし、全員に回ったな。じゃ、乾杯《かんぱい》！」

「「「乾杯！」」」

ガンツさんの音頭で全員がコップに口をつけると、一気に喉《のど》の奥へと流し込む。

「「「カァ〜」」」

「なんねこいは！（なんだこれは！）」

「喉の焼けるごたる！（喉が焼けるようだ！）」

「きつかねぇ〜（きついな〜）」

酒を飲んだ村長さんと村人達は、いきなり盛り上がり始めた。そんな村人達に、ガンツさんが更に酒を勧《すす》める。

「気に入ったみたいだな。ほら、飲め！」

「おう、悪かね（おう、悪いね）」

「いいってことよ。ほら、遠慮せずにグッと……」

村長さん達にお酒を勧めながら、ガンツさんは俺に目配《めくば》せで酒樽を出せと要求してくる。

何か考えがあるんだろうと思い、他の人に見られないようにこっそりインベントリから酒樽を出すと、ガンツさんの側に置く。

その酒樽を手に取ってまた村長さんのコップに注ぎながら、ガンツさんが尋ねる。

「それで、なんで今頃になって、あの嬢ちゃんを保護しようと思ったんだ？　プリシアが森で暮らし始めてもう一週間じゃないのか？　それなのに、なんで今なんだ？」

「そ、そいは……（そ、それは……）」

「やはり、何かあるんだな。話してみな。こう見えてもワシはそこそこ頼りになる男だぞ。それにそこにいるケインも見かけこそ子供だが、悪知恵ならワシ以上だ」

「そ、そこまで言うとなら、聞いてくれんね（そ、そこまで言うのなら、聞いてくれるか）」

こうしてガンツさんの飲みニケーション（？）が功《こう》を奏《そう》したのか、村長さんが事情を話し始めた。

前にプリシアが話してくれた通りで、やっぱり島に物資を運んでくれるトッポに逆らえずにジャッカロープ達を探していたらしい。

「……こん島が浮いてしもうてから、魚も釣れんし果物だけしか手に入らんたい。やけんが、トッポに縁《えん》ば切られたら、こん村は終わりたいね（……この島が浮いてしまってから、魚も釣れんし果物だけしか手に入らない。だから、トッポに縁を切られたら。この村は終わりだよ）」

「なんだ、そんなことなの」

俺がそう言ったら、村長さんがキッとこちらを睨んでくる。

「そんなこと!?　なんね。いくら子供でん、言うてよかことも分からんとね！（そんなこと!?　なんだ。いくら子供でも、言っていいことも分からないのか）」

「でも、それくらいなら俺達で用意できるよ。たとえばほらこのお酒、どこから出てきたと思う？」

「どっからって、そりゃ、自分らが……（どこからって、そりゃ……あんた達が……）」

途中まで言ってから、村長さんは何かに気付いた様子で驚いた顔になった。

「……ん？　そういや、自分ら手ぶらやったね⁉　なら、どげんことね⁉（……ん？　そういえば、あんた達手ぶらだったね⁉　なら、どういうことなんだい⁉）」

そういえば村長さんは墜落の時に遅れてきたから、インベントリは見てないのか。

村長さんが話に食いついたので、俺は交渉を持ちかけることにする。

「それを教える代わりに、プリシアとジャッカロープ達からは手を引いてもらえますか？　そうしたら、トッポの代わりに食べ物を用意しますので」

村長さんは考え込むようにして黙っていた。そしてしばらくして、決心した様子で言う。

「……よか。引くけん……でも、食べ物《もん》はいらん！　こいでも島の男たい！　そげん施《ほどこ》しは受けられんとたい！（……分かった。引こう……でも、食べ物はいらない！　これでも島の男だ！　そんな施しは受けられない！）」

「いえ、一方的にあげるつもりはないんです。トッポとやってたように、物々交換をしてくれればな～と思って」

「ん？　なら、おい達は自分らになんば渡せばよかとね？（ん？　なら、私達はあんた達に何を渡せばいいんだ？）」

村長さんがそう言って身を乗り出してくる。

「俺が欲しいのはあれですよ。ほら、村長さんに前、果物が欲しいって言ったでしょ？」

「あ～あれな。ホントにあれでよかと？　あれなら、その辺にいっぱいなっとるが（あ～あれな。

ホントにあれでいいのか？　あれなら、その辺にいっぱいなっているが）」

「なら、あれを定期的に仕入れさせてください」

「自分らがそいでよかとなら、よかけど……（あんた達がそれでいいのなら、いいけど……）」

村長さんは少し腑に落ちない様子ながらも、いちおうこちらの提案に乗ってくれた。

本当は果物を手に入れるために、獣人達が島を脱出できるようなアイテムを作って、それと物々交換してもらうつもりだったんだよね。

ガンツさんにもそんな計画を話しておいたんだけど……全然違う展開になっちゃったな。

けどまあ、結果オーライってことで！

「話は終わったか？　じゃあ、続きだ。ほら、村長」

俺が話し終わった途端に割り込んできたガンツさんが、村長さんと一緒に再び酒盛りを始めた。

は～あ、これは朝まで終わりそうにないな。

そう思ってリーサさんとアンジェさんにどうするか確認する。ちなみにリーサさんもアンジェさんも、またジャッカロープ達を抱きしめてモフモフを堪能している最中だ。

「リーサさん、もう遅いから帰ったら？」

「ケイン、もう少し待ってくれないか。はぁ～癒されるぅ～」

「リーサさん、もうそれ十回は言ってるからね」

「ケイン、細かいことを気にしていると大きくなれないぞ」

「もう、今はそんなこと関係ないでしょ。アンジェさんはどうします？」

「ふぅ～私はここでガンツを待つよ。この子達なら一晩中モフれるわ～」

「はぁ～そうですか。じゃあ、リーサさんも朝までいます？」

「ん～いや、私は風呂に入らねば」

「風呂って……お風呂んこと？（風呂って……お風呂のこと？）」

その時、急にプリシアがリーサさんに尋ねた。

「ああ、そうだ。プリシアもお風呂に興味があるのか？」

「興味はあっとたい。興味はあっけど、ここじゃお風呂は海に浸《つ》かるだけやし……お水もお湯もそげん好き放題には使えんし（興味はあったよ。興味はあったけど、ここじゃお風呂は海に浸かるだけだし……お水もお湯もそんなに好き放題には使えないし）」

「そうか……じゃあうちに来い！」

リーサさんはそう言うと、プリシアの腕を掴んで俺の方に歩いてくる。

「なんすっと！（何すんの！）」

「ケイン、頼む。うちに繋いでくれ」

文句を言うプリシアをスルーしてリーサさんが俺に要求してきたので、転移ゲートをリーサさんの家に繋ぐ。

リーサさんはプリシアの手を引いて、転移ゲートを潜っていく。

「ちょ、ちょっと待たんね。なんねこいは！　ウチばどげんすっと⁉（ちょ、ちょっと待ってよ。何よこれは！　私をどうするつもり⁉）」

「いいから、早くこの穴を潜るんだ。ケイン、明日の朝に迎えに来てくれ」

「明日……ケインは明日来《く》っとね？（明日……ケインは明日来てくれるの？）」

「ああ、迎えに行くよ。だからプリシアはリーサさんと仲良くしてね」

「……分かったばい。リーサさん、よろしく頼むばい（分かったよ。リーサさん、よろしく頼みます）」

「ああ、任せろ。じゃあな、ケイン」

二人が部屋に入るのを確認してから、転移ゲートを閉じる。

アンジェさんはまだジャッカロープ達をモフっているので、夕ご飯を差し入れしようと思い、転移ゲートを俺の家のリビングに繋いで穴を潜る。

「ただいま！」

俺が言いながらリビングに入ると、父さん、母さん、兄ズがいた。

「おかえり。ん？　なんか変わった匂いがするわね。それにこれって……なんの毛かしら？」

母さんが俺に近付き、服についた毛をつまみ上げながら言った。

「ああ、それはジャッカロープの毛だよ」

「へ～ジャッカロープ……え？　ケイン、今なんて言ったの？」

「ああ、だからジャッカロープの毛だよ」

「ハァ〜ケイン、自分が何を言っているのか分かってるの⁉」

「え〜どういうこと？」

「いいから、その話を詳しく聞かせて！」

母さんにジャッカロープのことを追及され、仕方なく今日のことを詳しく話すと母さんがプルプルと震えだす。

「母さん？」

「ズルい……」

「え？」

「ズルいわよ！　ケイン、すぐに私をそこに案内しなさい！　なんで、ケインだけそんな……そんな、羨ましいことになっているのよ！」

「え？　羨ましい？」

「だって、ジャッカロープよ！　あなただって知っているでしょ、トミー！」

母さんが急に父さんに話を振る。

「ああ、俺も昔、おとぎ話で聞いたことある。今は絶滅したとされている伝説の生き物だろ？　なら、一目でも本物を見たいって母さんの気持ちも分かる。しかも息子であるお前が、たくさんのジャッカロープ達に囲まれていると知ったら、そりゃズルいと思う気持ちも理解できるよ……」

「ええ～いや父さん、そんなズルいとか言われても……」

なんて話しているうちに、そういえばアンジェさんに差し入れを持っていくんだったと思い出す。

「それはともかく母さん、晩ご飯ってもう作った？　アンジェさんに差し入れを持っていきたいから、ご飯を持って島に戻りたいんだけど」

そう言った途端、目の色を変える母さん。

「え？　ケイン、また島に行くの？」

「だからそうだってば」

「ケイン、ズルいって言ってごめんなさいね。だから……お願い、私も連れってってよ！」

「ケイン、俺からもお願いする。頼む！」

「ええ～？　母さんだけじゃなく父さんまで？　も～しょうがないな……じゃあ島の状況が落ち着いたらそのうちね！」

そう言って父さんと母さんとひとまず落ち着かせ、夕食を済ませてから、アンジェさんとガンツさんにもの差し入れの用意してもらって、ビアツタ島に戻ろうとした。

そしたら鼻息がふんすと荒い母さんと、子供のようにキラキラした目をした父さん、それと単なる好奇心から兄ズが「「「今すぐ一緒に行く」」」と騒ぎ始めた。

「え～⁉　今⁉　そのうちって言ったじゃん！　本当についてくるつもりなの？」

「当たり前じゃない！　我慢するなんて無理だわ！　私は諦めない。いいわね、ケイン」

どうしても引く気がなさそうな母さんの様子に、ハァ～と嘆息する。

なので仕方なく、転移ゲートをビアツタ島の小屋に繋ぐ。

父さん、母さん、兄ズ、俺で転移ゲートの向こうに移動にすると、まだジャッカロープ達をモフって恍惚《こうこつ》としているアンジェさんがこっちに気付いた。

「あら、ケイン一家も来たのね」

母さんは挨拶もせずにジャッカロープ達に突撃し、床にペタッと座り込むと、ジャッカロープ達を抱きしめて思いっ切り深呼吸する。

「ムハァ～これがジャッカロープの匂いなのね……」

『キュッ!?』

母さんは近くにいた別のジャッカロープも引き寄せ、そのジャッカロープも抱えると、お腹に顔を突っ込む。

「ムハァ～モフモフで幸せ……もう一吸い……ムッハァ～」

ジャッカロープの匂いって、危ない中毒性でもあるのかな？

恍惚としている母さんをひとまず放置して、アンジェさんとガンツさんに晩ご飯の差し入れを渡しておいた。

それからまた母さんのところに戻って声を掛ける。

「ねえ母さん、もう十分に堪能したでしょ。帰るよ？」

「え～まだいいでしょ。ねえ、父さん」

「「「ムフゥ～」」」

気付いたら母さんだけじゃなく、父さんと兄ズもたくさんのジャッカロープ達に囲まれ、存分にモフモフを堪能している。移動してくれる気配がまったくない。

「あ～あ、父さん達まで……ほらみんな、いい加減にしてよ！　帰るよ！」

「「「え～まだいいじゃない」」」

「ダメ！　今帰らないと廃人になるから！　ほら、頑張って！」

『『『キュキュキュッ！』』』

俺が頑張って母さん達を引っ張り上げようとしていたら、なぜかジャッカロープ達が寂しそうな声を出した。

「「「ムハァ～可愛い～」」」

『『『キュキュキュゥ～♪』』』

母さん達はますますジャッカロープ達にメロメロになり、ジャッカロープ達も嬉しそうな鳴き声を上げる。

ジャッカロープ達は俺の言葉が分かるっぽいので、ハ～と嘆息しながらお願いする。

「もう、お前達もそんなに愛想《あいそう》良くしないで。ね」

『『『キュキュキュッ！』』』

「返事はいいんだよな～」

『『キュキュキュウ～』』

「よし、整列！」

『『キュキュキュッ！』』

俺の言葉に反応したジャッカロープ達が、俺の前にピシッと整列する。

すると、ジャッカロープに寄りかかっていたアンジェさんや母さん達がバランスを崩し、

「キャッ」とか「うわっ」とか声を上げた。

「じゃあ、アンジェさんのところに集まって！」

『『キュキュキュッ！』』

こうやって無理やりジャッカロープ達から離れてもらい、母さん達を急《せ》かす。

「ほら、母さん！　もう、帰るよ」

「え～もう少しだけいいじゃない。ダメ？」

「ダ～メ!!　ほら、いいから。早く立って」

「ちぇ……」

転移ゲートを家の中に繋ぎ、不満タラタラ、未練タラタラの母さんを、父さん達と一緒に転移ゲートの向こう側に押しやった。

ジャッカロープ達、こんなに人を虜《とりこ》にする魔力があるんだ。

貴重なだけじゃなくて魔性《ましょう》の生き物なのかもな。

14　準備しました

そんなこんなで朝になり、昨日村長さんに言っていた食料を集めてもらうよう、父さんにお願いした。

それからプリシアを迎えに行くためにリーサさんの家に転移ゲートを繋ぐと、二人が穴を潜って俺の家のリビングに入ってくる。

「おはようリーサさん、プリシア」

「おはようケイン」

「……おはよう」

「あら？　見慣れない子ね。私はケインの母親のマギーよ。よろしくね」

「俺はケインの父親でトミーだ」

「ウ、ウチは……プリシアっていうと。よろしゅうお願いします（ウ、ウチは……プリシアっていいます。よろしくお願いします）」

母さん達とプリシアが挨拶を済ませたところで、俺はプリシアの格好がいつもと違うのに気付く。

「ん？　なんか様子が違うと思ったら、なんでスカートなんか穿《は》いているの？」

プリシアは急に顔を赤くすると、リーサさんに文句を言う。

「や、やけん言うたやない！　ウチはこげん格好は好かんて！（だ、だから言ったじゃない！　私はこんな格好は好きじゃないの！）」

「でも、プリシアの服は汚れてたから洗濯して干してしまって、それしかないぞ」

「ぐ、ぐぬぬ……」

リーサさんにさらっと言われ、プリシアは何も言い返せない。

「あら、いいじゃない。ウチには男しかいないからいいわ～。ねえ、もっとよく見せて！」

「え？」

プリシアは母さんに捕まってしまい、いろんなポーズを取らされている。

なんか長くなりそうだな～。

俺はとりあえずこの場をリーサさんに任せ、先にビアツタ島に行くことにした。

父さんが仕入れ先を回って食料を揃えるまでにはまだ時間が掛かりそうだし、昼間になったらいったん戻ってこよう。

転移ゲートをビアツタ島の小屋の中へ繋ぐと、アンジェさんはジャッカロープ達に囲まれて気持ちよさそうに寝ていた。数匹のジャッカロープが俺に気付いたが、特に騒ぐこともなく、視線だけこちらに向けている。

転移ゲートを閉じると、ジャッカロープ達にアンジェさんを起こすようにお願いする。

「なるべく静かにね」

『『キュキュキュッ！』』

ジャッカロープ達はアンジェさんに群がると、圧迫するようにアンジェさんに覆いかぶさる。

「ムフゥ～……あ、暑い！　んっ⁉　あ、あら、ケイン君」

「ハァ～本当に一晩中モフってたんですね～。でも満足したならよかったです。じゃあ、俺はガンツさんの様子を見てきますね」

小屋の外に出ると、そこには想像通りの景色が広がっていた。

「だから、ほどほどにって言ったのに……」

「……フゴォ、グオォ～」

ガンツさんや村長さんをはじめとして、一晩中酒盛りをしていたらしき村の人達が酔いつぶれ、大いびきをかきながら横たわっていた。

ていうか、なんで小屋の中で飲んでたのに外に出たんだろう。酔っぱらってテンション上がったせいかな？

「ガンツさん、ほら、起きて！　ガンツさんってば！」

「グアッ！　な、なんだ！　おお、なんだケインか！」

ガンツさんをビンタして起こしたのはいいけど、村の人達はどうしよう……

そう思っていたら、どこからともなく村の人達の奥さんと思われる女性達が現れ、申し訳なさそうに愛想笑いをしながら、それぞれの旦那さんらしき人を引きずっていった。

奥さんがいない人は仕方ないのでガンツさんと同じようにビンタして起こすと、バツが悪そうに立ち上がり、お尻や頭を掻《か》きながら帰宅する。

「ハァ～やっと全員いなくなった。でもこれで、食料を見せるための広い場所が確保できたかな。あとは父さんからの連絡を待つだけだね」

俺は小屋の中に入ると、ジャッカロープモフりに十分満足したらしいアンジェさんを転移ゲートで家に送り返した。

「おいケイン、ちょっといいか」

「何、ガンツさん。二日酔いを治せとかなら知らないからね」

「いや、そうじゃなくてな……」

ガンツさんの話によると、昨日村長さんと飲んでいる最中に、トッポが明日の昼に行商にやって来ると聞いたらしい。

村長はジャッカロープ達の居場所へ案内するとトッポに約束しているが、俺達が村長に用意する食べ物が満足できるものであれば、トッポとの約束は反故《ほご》にしてくれるということだった。

それを聞いて俺は首を傾げる。

「え？　俺達の食べ物の質がどうとか何も聞いてないし、そもそもトッポとの取引をやめて俺達との物々交換に切り替えるってことも、ジャッカロープ達から手を引くってことも、村長さんは断言してたよね？」

「そ、そうだったか？」

村長さん、何言ってるのかな？　意味が分からないけど、とりあえずジャッカロープにはお守りのアンクレットがあるから、トッポや村長さんが何をしようが彼らが被害を受けることはないだろう。

それ以外のトッポと縁を切るとか、俺との物々交換については、村長さんの中でどういう考えになってるのかよく分かんないけど、とにかく父さんが食べ物を用意しちゃってるんだから、それを渡せばいいや。

あとはなるようにな～れ。

と、思っていたら携帯電話が鳴って、父さんが食べ物の用意ができたから取りに来てほしいと伝えてきた。

「父さん、来たよ」

転移ゲートを父さんの店の応接室に繋いで潜ると、そこには食料が山積みになっていた。

「お！　来たかケイン。荷物はそこだ」

「へ～急に頼んだのにこんなに集めてくれたの」

「まあ、急いで集めたのは少しだけだな。ほとんどは在庫だ」

「そうなんだ。でも、ありがとうね」

集めてくれた食料をインベントリに次々に収納していたら、今度はリーサさんから電話がかかってきた。

なので今度は自分の家に転移ゲートを繋ぎ、プリシアを迎えに行って島に転移ゲートを繋ぐ。ちなみにリーサさんはその前にドワーフタウンの保育所に送っておいた。


そんなこんなでバタバタと移動を繰り返したけど、ようやく俺、プリシア、ガンツさん、そしてジャッカロープ達がビアツタ島の小屋に揃う。

「ふ～疲れた」

『『キュキュキュッ！』』

一斉に俺に向かってジャッカロープ達が鳴き声を上げる。

「ん？　ああそうなの？」

「どうしたんだケイン」

不思議そうに聞いてくるガンツさん。

「この子達はね、島と島の間を移動する渡り鳥みたいな性質があって、アンクレットを作ってくれたからビアツタ島を飛び立ちたいって言ってるみたいなんだ。時期は明後日にしたいみたいだよ」

「は～？　ケインよ、なんでそんなことまで分かるんだ？」

「えっと……雰囲気？」

「ハァ～お前はめちゃくちゃな奴だな？」

「そうなんや。行ってしまうんやなあ……悲しかばってん。うん、ジャロ達が幸せになるるら、ウチはそれでよかばい。みんな元気でね（そうなんだ。行っちゃうんだね……悲しいけど。うん、ジャロ達が幸せになれるら、ウチはそれでいいよ。みんな元気でね）」

『『『キュキュキュッ～！』』』

悲しそうな顔をしながらも、笑みを浮かべてプリシアがそう言うと、ジャロをはじめとしたジャッカロープ達はプリシアにお礼を言うように一斉に鳴いた。

「じゃあ飛ぶ予行演習に、試しに外に出てみる？」

というか、ジャッカロープ達が飛ぶところを見たことがないけど、どうやって飛ぶんだろう。

小屋の扉を開き、ジャッカロープ達を外に出す。

すると、いつの間にか現れた村長さんが慌ててジャッカロープ達を捕まえようとする。

「な、なして！　自分らはあれがなんか分からんとね。あいば捕まえれば……（ど、どうして！　あんた達はあれが何か分からないのか。あれを捕まえれば……）」

えっと村長さん、ジャッカロープ達から手を引くっていう話、本気で忘れちゃったのかな？　もしかしてお酒飲みすぎで、あの時のガンツさんとの会話は全部忘れてるのか？

やばいな～。もうこの人の意味不明な言動はほっとこう。

と思ってたら、村人の一人がジャッカロープを捕まえようと手を伸ばした。

だけど触ろうとした途端、その手は見えない薄い膜《まく》に弾かれたようで、ジャッカロープを掴むことができないどころか、電撃《でんげき》を食らったようにその場で跪《ひざまず》いてガクガクと震える。

「な……なしてなん⁉（ど……どうしてなんだ⁉）」

村長さんが驚いてるけど、説明は面倒くさいからいいや。

とりあえずアンクレットがうまく働いてるみたいでよかった。

あ、そうだ。せっかく村長さんが来てるんだし、例の果物を手に入れたいから物々交換の話をしてみよう。

父さんが用意してくれた物資をインベントリから取り出し、小屋の前の開けた場所に並べる。

「こんなもんかな。村長さん」

「あ、ああ……って、あ～なんねこいは！（あ、ああ……って、あ～なんだこれは！）」

「何って約束したでしょ。急いで用意したけど、いいものを用意したつもりだから……って、聞いてる？　村長さん？」

「あ、ああ。よか、聞こえとる。聞こえとるけど、こいはどっから用意したとね？（あ、ああ。大丈夫、聞こえている。聞こえているけど、これはどこから用意したんだ？）」

「まあまあ、それはそのうちちゃんと説明するから。村長さん、俺がお願いした果物は？」

「…………」

「え、村長さん？」

「ス、スマン。こん通りたい（ス、スマン。この通りだ）」

え？　どういうことなの？

「すまん。今から集めるけん、しばらく待ってくれんね（すまん。今から集めるから、しばらく待ってもらえないかな）」

謝ってくる村長さんから詳しい話を聞いたら、俺達が食料を用意できるはずがないとタカを括っていたために、物々交換する予定だった果物を用意していないらしい。

ええ、俺達との物々交換の約束は覚えていたのに、その約束を勝手に無視してたってこと？

さっきから意味不明すぎて怖い。よくこの人が村長で今まで大丈夫だったな～。

でもそんなこと気にしててもしょうがないので、とりあえず話を前に進める。

「ま、まあいいですよ。明日までに用意してくれたら。それより村長さん達、この一週間はまともに食事なんてできてないんでしょ？」

「……そん通りたい。トッポが食料ば持ってきてくれるいうても、みんなが十分に食事する量には足りんと（……その通りだ。トッポが食料を持ってきてくれるといっても、みんなが十分に食事する量には足らないんだ）」

「じゃあ、村の人達を全員集めてもらえますか？　その間に俺も準備するので」

しばらくして村長さんの呼びかけで、村人全員が集まった。

「村長、なんね？（村長、どうしたんだ？）」

「もう、お腹ん空いたとよ（もう、お腹が空いたのよ）」

「食べられるもんなら、なんちゃよかとよ（食べられる物なら、なんでもいいわ）」

村長さんの言う通り、みんなお腹を減らしてるみたいだ。

なら手早く食べられる方がいいかなと思い、小屋の前のスペースにインベントリから出したバーベキューコンロを用意し、炭《すみ》を入れて火を点ける。

「ケイン、何をするつもりだ？」

「手早く食べられるのがいいでしょ？　それに島にはない種類の野菜や肉もあるはずだから、直に焼いて食べることで素材の味を確認してもらった方がいいかなって」

「なるほどな」

ガンツさんとそんな会話をしつつ、村の人達にお願いする。

「すみません、みなさんも食材を切るのをお願いしていいですか？」

「そうね、なんば切ればよかと？（そうだね、何を切ればいいのかな？）」

「こいば薄切りにすればよかとね？（これを薄切りにすればいいの？）」

村の人達が食材を切り始めたところで、バーベキューを開始する前に俺はガンツさんに頼み、あることを確かめようと決める。


俺はガンツさんを連れて、島の端《はし》まで移動した。

「ケイン、こんなところまで連れてきて何をするつもりだ？」

「はいはい、いいからいいから。ガンツさんはこれを着けて」

インベントリからヘッドフォンとマイクが一体になったインカムを二つ取り出し、一つを不思議そうなガンツさんに渡し、もう一つを自分でつける。

「ん？　なんだこれは？」

「これはインカムだよ。このヘッドフォンの部分を耳につけて、マイク部分が口の前に来るようにしてね」

「これでいいのか？」

『どう、聞こえる？』

「ん？　ほうなるほどな……『これで話せばいいんだな？』」

ガンツさんがインカムの使い方を理解したところで、インベントリに入れていた先日の複葉機の機体を取り出す。ちなみに着陸時は大破《たいは》してたけど、暇を見て修理しておいた。

ガンツさんには操縦席に乗ってもらい、俺はハーネスで固定するタイプの命綱《いのちづな》を使って機体の先端に立つ。それからインカムでガンツさんに少しだけ機体を上げてもらうようにお願いする。

すると機体がふわっと浮き上がった瞬間に、俺に向かって何かが飛びついてきた。

「え？　何しに来たのプリシア⁉」

「なして出ていくとね。ウチになんも言わんで！（なんで出ていくのよ。私に何も言わないで！）」

「いや、まだ帰らないよ。ちょっとやりたいことがあるだけ。危ないからプリシアは降りててよ」

「危なか言うけど、ケインの方が年下やなかね！　心配たい！（危ないって言うけど、ケインの方が年下じゃん！　心配よ）」

「う、う～ん、分かったよ。じゃあ一緒に行く？　はい、これを着けて」

そう言ってインベントリからもう一つ命綱を取り出し、プリシアと機体を繋ぐ。

『じゃあガンツさん、このまま複葉機を飛ばして島の下に潜ってくれる？』

『島の下だな。分かった』

ガンツさんが俺のリクエスト通りに複葉機で島の下に潜ってくれたので、今度は島の底の中央辺りまで進んでもらい、インベントリから浮遊の魔道具を取り出して島の下に取りつける。

同じようにして、島というか、島の基礎となっている亀の甲羅の頭、尻尾《しっぽ》、右腕、左足、右足、左腕にあたる部分に浮遊の魔道具を取りつけた。

もちろん本島だけじゃなく、離島も同じようにつけておく。

『ガンツさん、終わったから。島のもとの場所に戻って』

『了解！』

複葉機が本島にゆっくりと着陸し、命綱を外してプリシアと一緒に機体から飛び降りると、操縦席から降りてきたガンツさんが聞いてくる。

「ケイン、結局何をしていたんだ？」

「あのね、ちょっと考えていることがあってね……」

俺の計画を話すと、ガンツさんは顎《あご》に手をやり「ふむ……」と考える。

「なるほどな。そのためか」

「なんね、ウチにはいっちょん分からんばい。なんの話ね？（何、私にはちっとも分かんないんだけど。なんの話なの？）」

「まあまあ、そのうち分かるよ」

「なんね、ウチば子供扱いして！　自分も子供やかね。ウチより年下んくせに！（何よ、私を子供扱いして！　自分も子供じゃない。私より年下のくせに！）」

いちおうなだめたけど、プリシアは怒って森の中に走っていってしまった。あーあ……

15　またまた飛びました

浮遊の魔道具の取りつけを終わらせて小屋の前に戻ると、村の人達はいろんな食材でバーベキューにチャレンジしたようで、網《あみ》の上では様々な食材が焼かれていた。

いつの間にか村の人達と打ち解けたらしいジャッカロープ達も、野菜の切れ端や果物をもらって嬉しそうにしている。

「なんかいい雰囲気だね」

「そうだな。のどかでいい感じだな」

『キュ～』

俺とガンツさんが話していたら、ジャロが何か言いたそうな様子で足下に近付いてきた。

「ん、どうしたの？」

『キュ……キュキュ～！』

「ええ。そうなの⁉」

「ケイン、一体何を話してるんだ？」

「まあ、ちょっと待ってよガンツさん」

不思議がるガンツさんも連れてジャロと一緒に小屋に入り、俺はインベントリから必要な資材を取り出してあるものを作り始める。

「ん？　ケイン、何を作っているんだ？」

「ガンツさん。ちょっと向こう側の部品を支えてて」

「なんだこれは？　こんな骨組みで何を作ろうってんだ？」

「いいからいいから、それはできてからのお楽しみってことで……」

そんなこんなでステンレスパイプで組んだ骨格に、それにスライム樹脂で作った布を張り、操縦席を取りつけて、操縦席の後ろには魔導モーターで動くプロペラを設置する。

「ケイン、まさかこれは飛行する発明なのか？　でも、こんな貧弱な機体で飛ぶつもりか⁉」

「正解〜！　これは魔導モーターハンググライダーっていうんだ。で、ハンググライダーってのはね……」

俺はガンツさんに、ハンググライダーと飛行機の違いについて説明する。

「なるほどな……それは分かったが、なんでこれをわざわざ作ったんだ？　飛行機ならもうあるじゃないか」

「それは……俺の趣味かな！　なんかジャッカロープ達は飛べるって聞いたけど、飛行機よりハンググライダーの方が、俺的に一緒に飛んでる〜って気分を味わえるかなって」

「は〜そうか？　よく分からん理屈だが、まあいいか」

ガンツさんに手伝ってもらい、できあがった魔導モーターハンググライダーをインベントリに収納し、小屋の外に出ようとすると、ガンツさんが俺の服の裾を掴んだ。

「えっと、ガンツさん？」

「待て、お前だけズルいぞケイン！　ワシも欲しい！」

「え、ええ〜……ハァ〜いいよ、分かったよ。手伝ってもらったもんね。じゃあ、さっさと作っちゃおう」

　というわけで、またインベントリから必要な資材を取り出し、ガンツさんと一緒にもう一つ魔導モーターハンググライダーを作った。

「できたな。だが、まだ物足りん！　ケイン、塗料を出してくれ」

「ええ～できたんだからいいじゃない」

「い～や、これだけじゃ物足りん。いいから、出せ！」

「もう、分かったよ」

　今度は塗料《とりょう》と刷毛《はけ》をインベントリから取り出してガンツさんに渡すと、ガンツさんはその中から黄色と青色の塗料を選び、下地を黄色一色で塗ると、その上に青色で『ハリケーン号』と書いて、なぜかご満悦な様子だ。

　それからガンツさんの機体の塗料を魔法で乾かし、インベントリに収納する。

「じゃあ、これで飛ぶ練習をしようか」

「そうだな。さっきの場所に行くか」

　小屋の中から転移ゲートを使い、先ほど飛行機を飛ばした島の端に移動する。

　俺とガンツさんはインカムをつけ、ハンググライダーで島から飛んで海に着陸して、転移ゲートでまた島まで戻ってくることにした。

「じゃあ、行こうか」

『キュ？』

俺は操縦席に座って一緒に連れてきたジャロを自分の前に乗せ、さあ走りだそうとしたら、目の前にいきなり何かが飛びしてくる。

「プリシア⁉」

プリシア、さっきからずっとこの森の周辺をウロウロしてたみたいだな。

「ケイン、こすかばい！　こげんとば作って！　そん子ば抱っこして！（ケイン、ズルい！　こんなのを作って！　その子を抱っこして！）」

「ええ～何？　ズルいって何が？」

「よかけん、ウチば乗せんね（いいから、私も乗せてよ）」

「い、いや、スペース的に無理じゃない？」

「よかって。ほら、ここなら乗れるたい。ほんとは……がよかばってん……（いいって。ほら、ここなら乗れるじゃない。ほんとは……がいいけど……）」

「え？　何？」

「よか！　早《はよ》う出らんね！（いいから！　早く出なさいよ！）」

「もう、勝手だな～」

プリシアが乗ってきたのは俺と操縦席の背もたれの間だった。

積載重量《せきさいじゅうりょう》が心配だけど、先にいったガンツさんでも飛べてたし、たぶん大丈夫だろう。

「じゃあ、出すけど暴れないでよ」

「よか。ウチば気にせんちゃよかけん。はよ、出さんね（いいわ。私は気にしないでもいいから。早く出しなさいよ）」

「はいはい。じゃあ、いくね」

『キュキュ～』

島の端まで進んでから魔導モーターを起動させ、プロペラを回すと島から飛び立つ。一瞬の浮遊感の後に魔導モーターの出力を上げ、ハンググライダーを操作して浮上させる。

「キャ～！」

『キュキュキュキュ～♪』

悲鳴を上げているプリシアと、嬉しそうなジャロ。

ハンググライダーが安定して飛び始めたところで、俺はジャロにお願いする。

「ねえ、他の子達にここまで飛んでくるように言ってもらっていい？」

『キュ……』

「大丈夫だって。そのために島に浮遊の魔道具をつけたんだし」

『キュッ！』

心配そうにしていたジャロだったが、俺の話に納得してくれたのか、島の仲間達に向かって叫んだ。

『キュキュキュッ！　キュッキュキュキュ～』

するとと、島にいるジャッカロープ達がそれに呼応するように返事をする。

『『『キュキュキュッ！』』』

その直後、たくさんのジャッカロープ達が本島からも離島からも飛び立って、俺達の方へと飛んでくる。

「うわ～そうやって飛ぶんだ！」

「初めて見たばい……凄かね～（初めて見たわ……凄いね）」

なんとジャッカロープ達はウサギの耳にあたる部分を鳥の翼みたいに変化させて、それを羽ばたかせて飛んでいた。

羽ばたくたびにツノが光ってるから、あのツノから魔力を出して飛んでるのかな？

『キュキュッ！』

「ね、みんなが飛び立っても大丈夫だったでしょ？」

そう言うと、俺の膝の上にいるジャロも安心した様子で、俺達の周りに集まってきた仲間に合流するために空に飛び立った。

「ケイン、話の見えんとばい。どがんこと？（ケイン、話が見えないんだけど。どういうこと？）」

不思議そうなプリシアに説明する。

「つまりね……島が浮いてたのは、ジャッカロープ達が原因だったんだよ」

「え？　なんで島の浮くとね!?（え？　なんで島が浮くのよ!?）」

「それがね……」

俺はプリシアに、ジャロの『キュッキュッキュッキュッ～』という説明から聞き取った内容を説明していく。

ジャロ達は魔力を高めることで飛行能力を持つことができる種族で、空を飛び、島から島を渡って生活していたらしい。

だけどトッポに攻撃されてジャロが怪我をし、不時着したビアツタ島でしばらく生活せざるをえなくなった。

怪我を治す方法が分からない仲間達は、魔力を高めてなんとか怪我を治せないか試してみたらしい。

本来は飛行に使うはずの魔力が一気に高まった影響で、ビアツタ島が浮いてしまった……ということのようだ。

怪我も治ったし、アンクレットももらったし、ジャロ達はビアツタ島から飛び立つつもりでいたみたい。だけど自分達が飛び立ったらビアツタ島が墜落してしまわないか、心配していた。

だから俺がさっき、島に浮遊の魔道具をつけておいたというわけ。

そして浮遊の魔道具が起動していれば、自分達がいなくなっても島はいきなり空から落っこちるわけではないってことが分かれば、ジャッカロープ達は安心してビアツタ島から次の島へ移動することができる。

俺の説明を聞いた後、プリシアはしばらく黙っていた。

「そうやったんだ……ウチ、友達やけど何も知らんかったばい。みんなケインのおかげやなあ！ほんなこてありがとう（そうだったんだ……私、友達だったのに何も知らなかったよ。みんなケインのおかげだね！ほんとにありがとう）」

「ううん！偶然この島に来ただけだったけど、いろいろ解決できてよかったよ」

「…………」

俺がそう言ったらプリシアは涙ぐんでしまい、そっぽを向いてしまった。

なんとなく泣いてるのを見たら悪いかなと思ってガンツさんの方に目をやると、ガンツさんは錐《きり》揉《も》み飛行や背面飛行をいろいろと試している。ジャッカロープ達も一緒になって、面白がりながらガンツさんの真似をして飛んでいた。

『ガンツさん。そろそろ戻るよ』

『おう、分かった！』

俺達は海上にある島の近くにいったん着水し、ガンツさんとジャッカロープ達の前に転移ゲートを出し、ビアツタ島に戻ってもらう。

「じゃあプリシア、俺達も戻ろうか……プリシア？」

「早う、早う岸に着けて！（早く、早く岸に着けて！）」

「どうした急に？　まあ、いいけど……」

急にプリシアに言われ、俺がハンググライダーをなんとか近くの島の岸に近付けると、プリシアは俺の後ろから飛び出して、島に上陸した途端走っていってしまう。

「も～なんなのさ～」

俺は慌ててハンググライダーをインベントリに収納し、プリシアを追いかけることにした。

16　スッキリしました

なんとか急いでプリシアに追いつくと、プリシアは大きな声で叫びながら一軒の家の中に入っていくところだった。

「母ちゃん！　帰ったばい！（母ちゃん！　帰ったよ！）」

え？　母ちゃんってことはここがプリシアの家？

つまりここは前に言ってたプリシアの家がある島か。

俺も勢いで一緒に家の中に入ると、中にいたプリシアのお母さんらしき猫獣人の女性が「え？」と言って不思議にそうにしている。

「……んにゃ。違うばい。プリシアは、あの浮いとる島におるはずたい。そいに、そがんスカートは穿かんし持っとらんはずばい。プリシアによう似とるあんたは誰ね？（……いいや。違うわ。プリシアは、あの浮いてる島にいるはずだわ。それにそんなスカートは穿かないし持っていないはずよ。プリシアによく似ているあなたは誰なの？）」

「そ、そがん……母ちゃん、ウチだってば～！　なんで分からんの⁉（そ、そんな……母ちゃん、私だってば～！　なんで分からないの⁉）」

泣きだしそうになるプリシアを見て、慌てて俺も説明する。

「あ、あの～、ちょっといいですか？　俺はケインっていいます」

「なんね、あんたは……見かけん顔やね。どこん子ね。いや、そもそもここには人族の子はおらんばい。どっから来たとね？（何、あなたは……見かけない顔だね。どこの子なの。いや、そもそもここには人族の子はいないわ。どこから来たの？）」

「プリシアと一緒に、ビアツタ島から降りてきたんですよ」

俺がプリシアのお母さんにビアツタ島で起きたことをひと通り説明したら、お母さんはパニックになりながらも、ここにいるプリシアが本物であるのはいちおう理解してくれたみたいだった。

「え？　待って待って！　ほんとにね？　え？　じゃあ、こんスカートば穿いとるこん子はほんとにプリシアね？（え？　待って待って！　ほんとなの？　え？　じゃあ、このスカートを穿いている子はほんとにプリシアなの？）」

「だから、ウチやって言うとったい！　なんで信じてくれんと～⁉（だから、私だって言っているじゃん！　なんで信じてくれないの～⁉）」

「なんでって……あんたはいつもスカートは嫌って言うてちっとも穿かんやかね。そいが、こげんしてスカートば穿いてここにおるってことは……ハハァ～ン。そうね、そういうことね。まあ、ちょっと早かとは思うばってん。よかたい！（なんでって、あなたはいつもスカートは嫌って言ってちっとも穿かないじゃない。それが、こうやってスカートを穿いてここにいるってことは……ハハァ～ン。そうね、そういうことなのね。まあ、ちょっとは早いとは思うけど。いいわ！）」

「ちょ、ちょっと待って！　母ちゃん、なんば言いよっとね？（ちょ、ちょっと待って！　母ちゃん、何を言ってるの？）」

「なんね、そん彼氏の子ば紹介するために来たとやろ？（何よ、その彼氏の子を紹介するために来たんでしょ？）」

「えええええ⁉」

プリシアのお母さんの謎の解釈による急展開に慌てふためいていたら、プリシアも顔を真っ赤にして叫ぶ。

「待って！　母ちゃん、違うったい……てか、そうたい！　婆《ばあ》ちゃんは⁉　婆ちゃんはどげんしとっと？（待って！　母ちゃん、違うから……てか、そうよ！　婆ちゃんは⁉　婆ちゃんはどうしてるの？）」

プリシアはそう言って家の奥へ走り込んだ。

部屋に入ると一人の老婆が椅子に座ったままウトウトしていたが、プリシアの声で目を覚ます。

「婆ちゃん。どげんね？（婆ちゃん。どうなの？）」

「おや、プリシア。帰ってきたんかい。突然島が浮いてしもうた時はびっくりしたばい。無事でよかった……って、ん？（おや、プリシア。帰ってきたのかい。突然島が浮いてしまった時はびっくりしたよ。無事でよかった……って、ん？）」

プリシアのお婆さんは俺を頭のてっぺんからつま先まで見て言う。

「おや、人族の子やね。ん～でも、よか。合格やね（おや、人族の子なのね。ん～でも、よし。合格ね）」

「「へ？」」

俺とプリシアがキョトンとしているとお婆さんまでそんなことを言ってきた。

「なんね、彼氏ば連れてきたとやなかとね？　そんためのスカートやろ？（なんだい、彼氏を連れてきたんじゃないのかい？　そのためのスカートだろう？）」

「もおお～違うけん！！！　こいはそがんつもりはなかったと！（もおお～違うから！！！　これはそんなつもりはなかったの！）」

「よかよか、気にせんちゃよかたい。で、なんしに来たとね？（いいのいいの、気にしなくてもいいわ。で、何しに来たんだい？）」

お婆さんがプリシアの叫びを無視して尋ねると、プシリアはハッとした顔で俺に言う。

「ケイン！　婆ちゃんば……婆ちゃんば助けてくれんね（ケイン！　婆ちゃんを……婆ちゃんを助けてよ）」

「ええ!?　お婆さん、病気なんですか？」

俺がびっくりして聞くと、お婆さんは困った顔になる。

「ああ、そがんことやったね。気にせんちゃよかって言いよっとに……（ああ、そういうことなのね。気にしなくてもいいって言っているのに……）」

「やけん……婆ちゃん……（だから……婆ちゃん……）」

二人とも黙ってしまったので、俺はとりあえずお婆さんの治療をしてみることにする。

「とりあえず、ちょっといいですか？」

「なんね、なんばすっと？（何、何をするの？）」

お婆さんには椅子に座ってもらったままで、『ヒール』の魔法を掛けた。

「ん？　なんか温かかね〜気持ちんよか〜（ん？　なんか温かいわね〜気持ちいいわ〜）」

「どうです？　具合はよくなりました？」

「ちょっと気持ちんよかけど、変わらんね（ちょっと気持ちいいけど、変わらないね）」

「ケイン……」

プリシアが俺の方を泣きそうな顔で見てくる。

でも『ヒール』を掛けたことで分かったけど、どうやらお婆さんは病気ってわけじゃないらしい。

いや、病気っていえば病気なのかもしれないけど……とにかく、症状を早く治した方がいいのは間違いない。

なので、助けを借りるため、俺は携帯電話で母さんに連絡を入れる。

『母さん、頼みがあるんだけどいいかな？』

『あら、何かしら？』

『えっとね、母さんが妊娠《にんしん》してから、たまに飲んでいるお茶を少しもらいたいんだけどいいかな？具体的に言うと、そのね……母さんがお通《つう》じ』

『ちょっと！　ケイン!?　やめて恥ずかしい！』

『……ごめんなさい』

俺がストレートな言葉を言うとさすがに気まずかったのか、話の途中で怒られてしまったので、慌てて謝った。

そして俺の家に転移ゲートを繋ぎ、母さんがたまに飲んでいるお茶の葉を分けてもらうとまたプリシアの家に戻って台所を貸してもらい、お湯を沸かしてお茶を淹れた。

「じゃあプリシア、これをお婆さんに飲ませてみてくれる？」

「ん？　なんこれ。これが婆ちゃんの病気になんの関係があるんばい（ん？　何これ。これが婆ちゃんの病気になんの関係があるのよ）」

「いいからいいから！」

プリシアの背中を押し、無理やりお婆さんの部屋にお茶を持っていってもらってから、待つこと三十分後。

突然「バタン！」という大きな音がしたかと思うと、お婆さんが部屋から勢いよく飛び出してきて、トイレに駆け込む。

「婆ちゃん……どげんしたと！　ケイン!?　まさか婆ちゃんに……（婆ちゃん……どうしたの！　ケイン!?　まさか、婆ちゃんに……）」

プリシアがキッと俺を睨んできたが、俺は自分の顔の前で手を振って必死に否定する。

「違うって！　体に悪いものを飲ませたわけじゃないよ」

「なら、なしてね。なして、婆ちゃんはトイレに走っていったとね!?（なら、どうして。どうして、婆ちゃんはトイレに走っていったの!?）」

プリシアとそんなことを言い合っていったら、お婆さんがトイレから出てきた。

「ハァ〜スッキリしたばい！（ハァ〜スッキリしたわ！）」

「婆ちゃん！　もう具合はよかと？（婆ちゃん！　もう具合はいいの？）」

「よかもよか！　全部そん子のおかげたいね。長い間苦しんどったとの嘘のごたるばい（いいのなんの！　全部その子のおかげだよ。長い間苦しんでいたのが嘘のようよ）」

「えっと、婆ちゃん……どういうことなん？（えっと、婆ちゃん……どういうことなの？）」

「どういうって、糞詰《ふんづ》まりたいね（どういうって、糞詰まりよ）」

「え？」

「もう、恥ずかしかけんなんべんも言わせんと！　便秘《べんぴ》たい。便秘！（もう、恥ずかしいから何回も言わせないでよ。便秘よ。便秘！）」

「はあああ～～～⁉」

大声を上げるプリシア。

プリシアはお婆さんが病気だと思い込んでたけど、単にお婆さんはずっと便秘気味なだけだったんだ。

まあ、家族でも言いにくいことってあるよね……

と、とにかく、プリシアは自分の家に戻れたし、お婆さんの病気、もとい便秘は治ったし、よかったよかった。

あとはトッポをなんとかして、ビアツタ島を海上に戻せれば全部解決かな。

「じゃあ、プリシア、俺は行くから。元気でね」

そう言ってプリシアの家を出ようとしたら、慌てて呼び止められる。

「待って！　ちょっと待たんね！（待って！　ちょっと待って！）」

「ん？　何？」

「…………」

プリシアは自分で呼び止めたのに、何も話さない。

「プリシア、頑張らんばよ（プリシア、頑張んなさい）」

お婆さんはプリシアに向かって意味深《いみしん》にウインクをバチリと決めると、俺とプリシアを二人きりにして自分の部屋に戻っていった。

プリシアはモジモジしていたが、しばらくして絞りだすように声を発する。

「……あ、あんね、もう会えんと？（……あ、あのね、もう会えないの？）」

「？　ジャッカロープ達なら、また季節が巡れば戻ってくると思うよ」

「そうね！　来っとね……いや、違うたい。そうやなかと！（そうなんだ！　来るんだ……いや、違くて。そうじゃないの！）」

「？」

俺が首を傾げていると、プリシアは俯《うつむ》きながら言う。

「ケインは……ケインはもうウチの島には来んと？（ケインは……ケインはもう私の島には来ないの？）」

「そうだね……俺は明日はガンツさんとビアツタ島で、ジャッカロープ達を見送るつもりだよ。プリシアはこの島が故郷だから、もうビアツタ島には戻らないよね？」

「……うん、あん子達にも会いたかけど、会《お》うてしもうたら、別れとうなくなるけん（うん、あの子達にも会いたいけど、会ってしまったら、別れたくなくなるから）」

「そうか……じゃあさ、明日はこの島の分かりやすい場所にいてよ。そしたら、ジャッカロープ達と近くを飛ぶからさ」

「え？　ほんとね。ほんとなら嬉しかね！（え？　ほんとに？　ほんとなら嬉しい！）」

「ああ、じゃあ明日忘れずにね」

「うん、分かったばい！（うん、分かった！）」

「約束ね！」

俺とプリシアはお互いに笑顔でそう言い合うと、手を振って別れたのだった。

17　旅立ちました

翌朝、俺はガンツさんに加え、「ジャッカロープ達にお別れをしたい！」とせがんできた母さん、アンジェさん、リーサさんを連れて、ビアツタ島の小屋に転移ゲートを繋いで移動した。

「久しぶり、ジャッカロープちゃん達！　ムハァ〜」

『『キュキュキュ〜♪』』

移動した瞬間、またジャッカロープ達をモフりだすアンジェさんと、抱っこされて素直に喜ぶジャッカロープ達をたしなめる。

「ちょっとアンジェさんにジャロ達！　今はやめてよ〜。今日はいろいろと解決しなきゃいけないことがあるんだからね」

「……う～ん、仕方ないわね」

残念そうにジャッカロープを放したアンジェさんにホッとしながら、俺、母さん、ガンツさん、アンジェさん、リーサさん、ジャッカロープ達の全員で小屋の外に出ると、そこには村長さんがいて、物々交換する予定だった果実が入った木箱が山と積まれていた。

「うわぁ～こんなに……いいんですか？」

「よかよか。その辺になっとるもんやけん。それより、なんでこん果物がそがん欲しかばよか？

（いいさいいさ。その辺になってるものだからね。それより、なんでこの果物がそんなに欲しいんだい？）」

「実はですね……この果物、加工すると最高に美味しいお菓子になるんです！」

そう、実は俺がずっと欲しがってた果物、カカオの実だったんだ。これでチョコレート作りができるから、楽しみだな～。

なんて思っていると、「バサッバサッ」という羽音《はおと》が聞こえてきて、見るとトッポとその手下達がこちらに飛んでくるところだった。

「村長、でかしたな。まさか、これだけいるとはな。だが、どうして捕縛していない。手間だろうが」

トッポは島に降り立つなり、村長さんに向かって偉《えら》そうに言う。

「んにゃ、こん子達は捕まえたわけやなかと。ただ、旅立ちば待っとるだけたい（いいや、この子達は捕まえたわけじゃない。ただ、旅立ちを待っているだけだ）」

「は？　旅立ちだと！　どういうことだ、村長！」

「どうもこうもなかよ。もうあんたとの取引は終わりばい（どうもこうもないよ。もうあんたとの取引は終わりだ）」

「はぁ？　村長、正気か⁉　チッ、あ〜もう、いい！　こっちは勝手にやらせてもらおう。おい、その辺のを適当に捕まえろ！」

「「へい！」」

トッポは声を荒らげると、手下達にジャッカロープ達を捕まえるように命令する。

だがジャッカロープ達がつけているお守りのアンクレットの効果で、手下達がいろんな悲鳴を上げながらその場にしゃがみ込む。

「ギャッ！」

「ヒャッ！」

「ハウ〜ン」

「おい、お前ら！　どうした？　村長、何をした？」

「おいはなんもしとらん。しよっとはそっちたいね（私は何もしていない。しているのはそっちだろう）」

「くっ……もう、いい！　自分でやる！」

トッポはうずくまる手下達を情けないとばかりに蹴りとばす。そして近くにいたジャッカロープを自ら捕まえようと手を伸ばした瞬間、「グァッ！」と声を上げて自分もその場にうずくまった。

「見とったやろうにね（見ていただろうにね）」

「くっ……手で触るのがだめなら、弓で射ればいいだけだ！」

トッポはそう言いながら、背負っていた弓を構えてジャッカロープに狙いをつける。

「ハァ～ここで止めといた方がいいのに」

「フン！　お前らはそこで見てろ！」

トッポは俺の言葉を無視してジャッカロープを射てしまう。

『キュ？』

「へ!?」

矢はジャッカロープに当たったように見えたが、当たる前に薄い膜のような物で弾かれる。

「ん？　んんん？　……いや……ばかな……でも……」

更に弓を構えると、トッポの様子が明らかにおかしくなる。

何か言いそうになるのを、口を手で押さえて必死に我慢している感じだ。

「おい、ケインよ。お前は何をしたんだ？」

「う～ん、アンクレットの自動反撃機能なんだけど、捕まえようとするくらいならタンスの角に小指をぶつける程度で済んでも、矢とか剣で強い殺意《さつい》を持って攻撃するとああなるみたいだね」

「ああってなんだ？」

「まあ見てみてよ」

ガンツさんに聞かれて解説していると、トッポは抵抗を諦めたのか、口を押さえていた手をどかすと一気に話し始める。

「俺はドンタッチ様に依頼されてジャッカロープを捕まえに来た！　俺はドンタッチ様に依頼されてジャッカロープを捕まえに来た！　俺はドンタッチ様に依頼されてジャッカロープを捕まえに来た！　俺は……」

「なんだあれは？　ケイン、怖いぞ」

「強い殺意を持って攻撃すると、自分がやろうとしている悪事を喋らずにいられなくなっちゃうみたいだね。トッポは貴族からの密命《みつめい》を受けてジャッカロープ達を捕まえに来たってことみたい」

トッポはなんとか体を起こした手下達に介抱《かいほう》されながら慌てて逃げていった。

「ふぅ〜やっと聞こえなくなったな。それにしてもえげつない効果をつけたもんだな」

「でしょ。苦労した甲斐があったよ。へへへ」

「いや、褒めてはいないぞ」

ガンツさんにそう言われて照れ笑いすると、突っ込まれてしまった。

まあとにかく、これでジャッカロープ達をゆっくり見送ることができそうだ。

「母さん達、もう十分堪能したでしょ？　そろそろ旅立たせてあげて」

「「え？」」

ジャッカロープ達をモフりながら恍惚としていた母さん、アンジェさん、リーサさんが俺に声を掛けられてハッとして顔を上げた。

「しょうがないわね。じゃあね」

「ふむ、また会える日まで我慢しよう」

ジャッカロープ達を放した三人を転移ゲートでそれぞれの居場所に送り、積まれていたカカオの箱をインベントリに収納すると、村長さんが声を掛けてくる。

「ほぉ〜便利かね（ほぉ〜便利だな）」

「あげないよ」

「いや、よかばい。で、こん子達も連れていくとね？（いや、いらないよ。それで、この子達も連れていくのか？）」

「ジャッカロープ達はこのまま周遊《しゅうゆう》して、他の島に渡っていくんじゃないかな」

「そうね。なんか寂しゅうなるね（そうなんだ。なんだか寂しくなるね）」

「あ、そうだ。これ、預けとくね」

「なんね、こいは？（なんだね、これは？）」

「えっとね……」

村長さんに携帯電話を渡して簡単に使い方を説明しながら、今後はこれを使って連絡することと、村長さんからのとかリクエストも受け付けることを伝えた。

「よかよか、こいは便利かね（いいね、これは便利だね）」

「あ、あとね、この島はもとの海の上に戻すから。慌てないでね」

「ほう、そうね。もとにね……って、そいは本当ね？　嘘やなかとね？（ほう、そうか。もとにね……って、それは本当なのか？　嘘じゃないね？）」

「大丈夫、ちゃんと海の上に戻るから」

「よかった～こんままやったら、どげんしようか思うとったとよ。ありがとうな（よかった～このままだったら、どうしようかと思ってたんだよ。ありがとうな）」

村長さんが涙ぐみながら俺の手を両手でガシッと握り、お礼を言ってくる。

「ジャッカロープ達が飛び上がってしばらくしてから少しずつ下ろすので、慌てないように村の人達に伝えてくださいね」

「ああ、よか。分かったばい（ああ、いいぞ。分かったから）」

村長さんにビアツタ島を海上に戻すことを説明してから、ガンツさんのもとに戻る。

「終わったのか？」

「うん、いいよ」

「じゃ、行くか」

「うん、行こう！」

島の端まで行くと、まずはガンツさんの魔導モーターハンググライダーをインベントリから取り出し、飛行に問題ないかを点検する。

「うん、大丈夫そうだね。じゃあ、インカムを忘れずにね」

「ああ、分かった。『これでいいか？』」

『うん、ちゃんと聞こえるよ。じゃ、上で待っててね』

『ああ、先に行くぞ』

ガンツさんのグライダーがビアツタ島の上空を旋回するのを見て、俺も自分のグライダーをインベントリから取り出し、簡単な点検をして島から飛び立つ。

ビアツタ島の上空をゆっくり旋回していると、俺達に気付いたジャッカロープ達も島から飛び立ち、後からついてくる。

俺は、ジャッカロープ達がついてくるのを確認すると、ガンツさんと打ち合わせた通りにプリシアがいる島を目指して降下する。

すると昨日の約束どおり、島の開けた場所で俺達に手を振っているプリシアを見つけることができた。

ジャッカロープ達もプリシアに気付いたらしく、『キュキュキュッ！』と鳴き声が聞こえる。

手を振りながらプリシアは何かを叫んでいたが、俺達の耳には届かなかった。

プリシアのいる島の上を三周ほどしてから、ジャッカロープ達は渡りの周遊コースへ戻り、そのまま飛んでいく。

「またね～」

俺がジャッカロープ達の背に向かってそう呼びかけると、一斉に『キュキュキュウ～』と鳴き声が聞こえてきた。

たぶん、来年の今頃になればまた会えるだろう。

ジャッカロープ達を見送った後、俺とガンツさんはビアツタ島の本島と離島の底部に取りつけた浮遊の魔道具の出力を少しずつ下げていく。

『ケイン、そんなゆっくりでいいのか？』

『ガンツさん、いきなり急に降下させたら怖いでしょ。それに、周りの島にも影響が出るかもしれないしね』

やがてビアツタ島の本島と離島がゆっくり海面に着水すると、島の人達が「オオ～！」と歓声《かんせい》を上げているのが聞こえてきた。中には抱き合って喜び合っている人達もいた。

それに喜んでいるのはビアツタ島の人達だけじゃない。

周りの島でもビアツタ島がもとの位置に収まったのが分かったのか、あちこちから歓声が聞こえてくる。

『これで無事に終わったな』

『そうだね。じゃあ、帰ろうか』

『ああ、そうしよう』

歓声が聞こえなくなる距離まで離れると、転移ゲートを俺達のグライダーの前に開いて領都近くの海上へ繋ぎ、グライダーに乗ったまま転移ゲートを潜った。

その瞬間、「プルル……」と携帯電話が鳴る。

なんだろうと思い、ポチッと受話ボタンを押すと慌てた父さんが出た。

『ハァーハァー、ケケケ、ケイン！』

『何？　どうしたの父さんそんなに慌てて』

『ケイン、落ち着いて聞いてくれ、それが実はな……』

ハァハァと息を荒くして、自分の方が落ち着いていない状態の父さんが「スゥ〜」と大きく息を吸ってから言う。

『母さんがな！　子供が産まれそうなんだよ！』

『ええ〜!?　今!?　なんで？　産まれる予定はもっと先じゃないの？』

実は母さんは現在妊娠中で、俺達は三人兄弟だから、妹がいいな〜とか話していた。

でも出産《しゅっさん》予定はかなり先だった気がしたけど、なんで急に!?　と思ってる間にも父さんが慌てて話してくる。

『そうは言っても、今産まれそうなんでこっちは大変なんだ。ん？　どうしたサムにクリス。えっ、母さんが呼んでる？　おい、とにかくケインは今すぐ早く帰ってこい！』

父さんがそう言い終わった瞬間ブツッと電話が切れる。

『ガ、ガンツさんどうしよう～』

『どうもこうも、早く帰るしかないだろう！　急げケイン』

通話の内容が聞こえていたらしいガンツさんにそう言われて、俺は慌ててモーターハンググライダーを家に向かって飛ばすのだった。

The Record by an Old Guy in the world of Virtual Reality Massively Multiplayer Online
とあるおっさんのVRMMO活動記
1〜27
椎名ほわほわ
Shiina Howahowa
アルファポリス第6回ファンタジー小説大賞読者賞受賞作!!
累計150万部突破の大人気作
(電子含む)
ついに
TVアニメ化
決定!!!
コミックス1〜10巻好評発売中!
とあるおっさんのVRMMO活動記
椎名ほわほわ
現実じゃ冴えない会社員
ネットで人気爆発!
でもVRMMOの中では
名うてのスキル職人!?
冴えないおっさんのほのぼのVRMMOファンタジー!
第6回アルファポリスファンタジー小説大賞
読者賞受賞作、待望の書籍化!
超自由度を誇る新型VRMMO「ワンモア・フリーライフ・オンライン」の世界にログインした、フツーのゲーム好き会社員・田《た》中《なか》大《だい》地《ち》。モンスター退治に全力で挑むもよし、気ままに冒険するもよしのその世界で彼が選んだのは、使えないと評判のスキルを究める地味プレイだった!
——冴えないおっさん、VRMMOファンタジーで今日も我が道を行く!
1〜27巻 好評発売中!
各定価:1320円(10%税込) illustration:ヤマーダ
とあるおっさんのVRMMO活動記 1
現実じゃ冴えないおっさんが
料理生産から冒険までVRMMOで大活躍!!
大人気ファンタジー待望のコミカライズ!!
漫 画:六堂秀哉 B6判
各定価:748円(10%税込)
アルファポリスHPにて大好評連載中!
アルファポリス 漫画
検索

強くてニューサーガ
NEW SAGA
阿部正行
Abe Masayuki
1~10
2023年7月から
TVアニメ
放送予定!
シリーズ累計
80万部
突破!!
(電子含む)
待望のコミカライズ!
1~10巻発売中!
強くてニューサーガ
NEW SAGA
阿部正行
魔王討伐!!!
強くてニューゲーム!?
世界の運命を変える
2周目の冒険が始まる
魔王討伐を果たした魔法剣士カイル。自身も深手を負い、意識を失う寸前だったが、祭壇に祀られた真紅の宝石を手にとった瞬間、光に包まれる。やがて目覚めると、そこは一年前に滅んだはずの故郷だった。
漫画：三浦純
各定価：748円(10%税込)
強くてニューサーガ
1
大人気
"2周目冒険ファンタジー"
待望のコミカライズ!!
シリーズ累計9万部突破!!
魔王討伐と思いきや
強くてニューゲーム
各定価：1320円(10%税込)
illustration：布施龍太
1~10巻好評発売中!
アルファポリスHPにて大好評連載中!
アルファポリス 漫画
検索

この作品に対する皆様のご意見・ご感想をお待ちしております。

おハガキ・お手紙は以下の宛先にお送りください。

【宛先】

〒150-6008 東京都渋谷区恵比寿 4-20-3 恵比寿ｶﾞｰﾃﾞﾝﾌﾟﾚｲｽﾀﾜｰ 8F
（株）アルファポリス　書籍感想係

メールフォームでのご意見・ご感想は右のＱＲコードから、
あるいは以下のワードで検索をかけてください。

アルファポリス　書籍の感想　検索

ご感想はこちらから

本書は Web サイト「アルファポリス」（https://www.alphapolis.co.jp/）に投稿されたものを、改稿、加筆のうえ、書籍化したものです。

転生《てんせい》したから思《おも》いっきりモノ作《づく》りしたいしたい！ 2

ももがぶ

2023年 4 月30日初版発行

編集－田中森意・芦田尚
編集長－太田鉄平
発行者－梶本雄介
発行所－株式会社アルファポリス
〒150-6008 東京都渋谷区恵比寿4-20-3 恵比寿ｶﾞｰﾃﾞﾝﾌﾟﾚｲｽﾀﾜｰ8F
TEL 03-6277-1601（営業）　03-6277-1602（編集）
URL https://www.alphapolis.co.jp/
発売元－株式会社星雲社（共同出版社・流通責任出版社）
〒112-0005 東京都文京区水道1-3-30
TEL 03-3868-3275
装丁・本文イラスト－riritto
装丁デザイン－AFTERGLOW
印刷－図書印刷株式会社

価格はカバーに表示されてあります。

落丁乱丁の場合はアルファポリスまでご連絡ください。

送料は小社負担でお取り替えします。


ISBN978-4-434-31927-3 C0093